看不見的尾巴

李永平——著

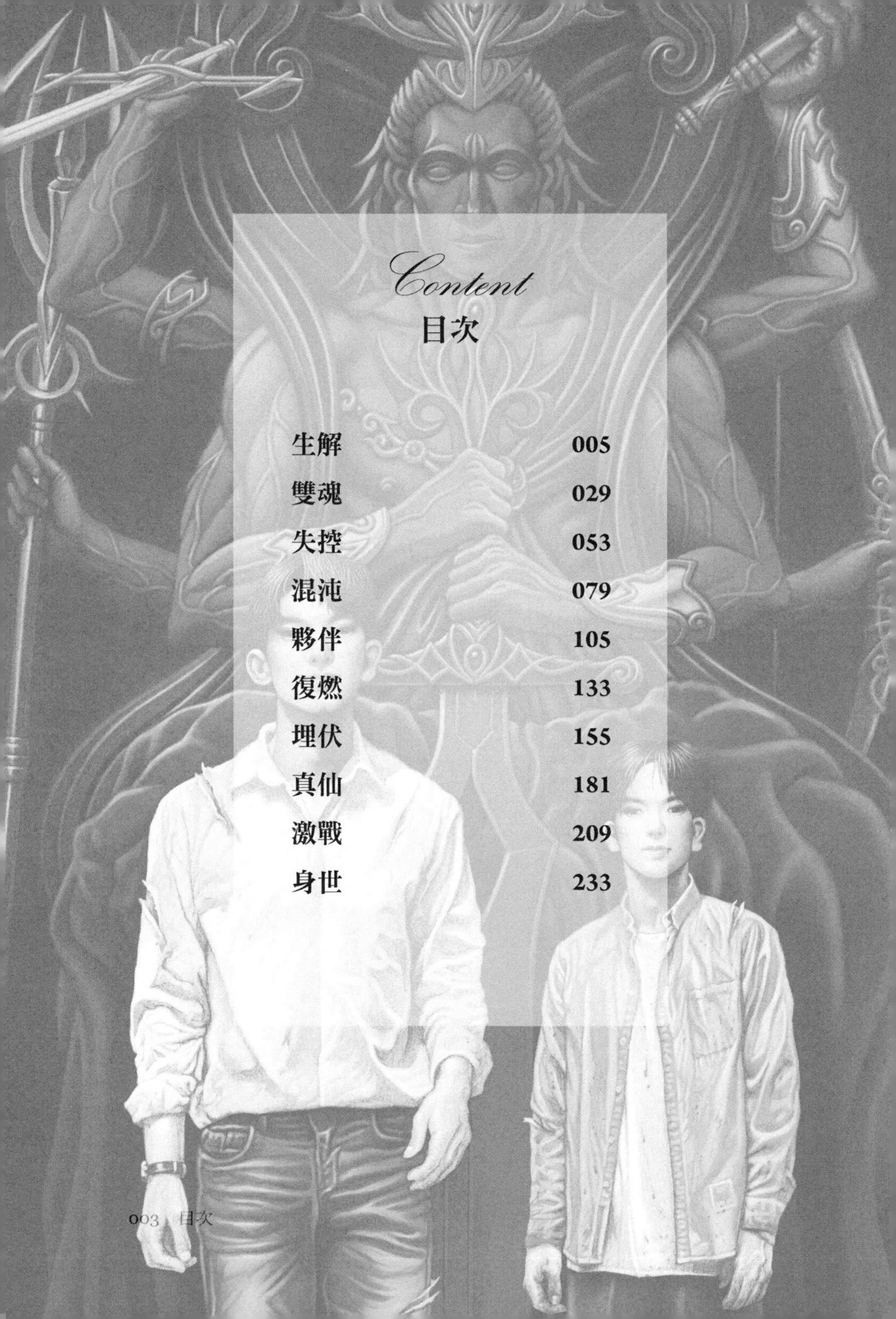

Content
目次

生解

西元二〇〇五年十月二十日　台北市

成庭才剛從報社打包完私人物品回家，便立刻趕赴托兒所提早接回兒子成賢。

一到家，小成賢即愁容滿面地呆坐在柚木沙發上，坐墊上以湛藍彩色筆塗鴉的阿拉伯數字，從一到九，歪斜奔放，常常是成庭夫妻跟好友分享的愛兒成長軌跡。曾幾何時，兒子的塗鴉蹤跡，已從椅墊熱情爬上沙發倚靠的牆面，但成庭跟麗伶之間的感情，卻像冷漠面對塗鴉侵占的白牆一樣，早蒼白寒透，隔天上午十點，他們就要在吳律師那簽結婚姻關係，一張薄紙，將取代彼此曾經擁有過的九年感情。

小成賢今天不像以往——回家急著打開電視，然後跳進沙發，再眼睛發亮地直盯螢幕裡的卡通角色，一路忽喊忽笑，直到成庭煮好晚餐吆喝吃飯，他才心不甘情不願地關掉電視，再慢慢爬上餐椅吃飯。

現在，小成賢悶悶的，像冰冷客廳裡的一樣家具，心事重重不說話，沒動靜。

成庭看在眼裡，心如刀割。他知道，前晚他說的話，給了小賢莫大的壓力——

「小賢，爸拔有事不得不跟媽咪分開住，以後，你想跟爸拔住，還是媽咪？」

「爸拔，什麼叫離婚？你跟媽咪，為什麼要離婚？」

成庭心想，一定是幾天前跟麗伶大吵時，不小心被小賢聽到了「離婚」二字，這兩個字，教他如何解釋？這兩個字對小賢而言，又是何其沉重！

「小孩別管大人的事，你太小，聽不懂的。」

感情，小孩或許不懂，那大人呢？有多少大人懂得？成庭自問，懂愛多少？初戀六年，和麗伶一起九年，花了十五年依然沒弄懂，為什麼他總是在戕害別人，傷害自己，難道這就是愛的本質？

「爸拔，不要跟媽咪分開住好不好？如果是因為，你不想睡在媽咪身邊，那跟我睡呀，還有，我保證，我以後不會再吵著要你說故事了，真的！」

「還有，如果是因為，你們都不想幫我包尿布的話，那我可以自己包啊；如果是因為，你們都不想幫我泡ㄋㄟㄋㄟ的話，那我也可以自己泡啊；如果是因為，你們都不想幫我洗澡的話，那我也可以自己洗呀！」

「爸拔，求求你，不要跟媽咪分開住好不好？求求你，不要跟媽咪分開住好不好？」小成賢邊說邊流淚，白皙的小臉頰爬滿了淚水，鼻涕也流進了他小巧的嘴裡。

「爸拔，我不會再吵著要玩具，我以後一定乖乖的，乖乖睡覺、乖乖起床、乖乖上學、聽阿嬤話、讓阿姨舅舅親我咬我、不欺負牙牙、不打架、不說謊、不哭不鬧……只要你不跟媽咪分開住就好，只要你不跟媽咪分開住就好……」

成庭再也開不了口，因為他自己也跟小成賢一樣淚流不止，他用力緊緊抱住小成賢，哽咽地喃喃道：「爸拔對不起你……爸拔對不起你……」

❖

清冷客廳靠近門邊的五斗櫃上，各式造型材質、大小不一的相框，正七嘴八舌地吐露著一張張笑靨燦爛的照片，它們都是成庭與麗伶跑遍國內外各景點，倘佯在歡笑裡的幸福見證，也紀錄了小成賢從小到大，在滿滿的愛裡茁壯的甜蜜點滴，但是，當洋溢在這些照片裡的愛，變得混濁時，它們看起來都像罩了層灰，顏色已自從前的鮮亮褪成暗澀。

成庭捲起藍灰白直紋襯衫的袖子，在廚房削了顆蘋果，然後踱步到小成賢身邊，蹲下身，再將蘋果塞進兒子柔嫩短胖的小手裡：「要不要看卡通？爸拔幫你開。」

成庭轉身走到電視櫃前，拿遙控器正準備打開電視，小成賢即陡地哀求：「爸拔，不要離開我跟媽咪。」

成庭愣住了，一動也不能動，他雖背對著小成賢，卻可清晰想像，此時兒子的淚珠，正噙在漂亮的大眼裡，翹長的睫毛定也抖得厲害。

「只要過了今晚，小賢一定會慢慢習慣沒有我的日子。」成庭在心底不停複誦這句話，且一再告訴自己，他的退出，對麗伶和小賢都是好事，畢竟一個失業又無用的人，對他們來說，只是累贅。

成庭心情沉重地撳下遙控器的電源鍵，新聞主播咄咄逼人的聲音，像早在暗處躲了、忍了許久，這下終於逮到機會劈哩啪啦狂洩而出：「……針對報社無預警的裁員動作，工會除了提出嚴正抗議，並已投訴勞委會，勞委會現正派人介入協調當中，此外，工會計畫在明日上午十點……」

十三年前，成庭剛入行，當時的報社記者是何等風光，每每看到自己的名字出現報端，神氣得意自不在話下。四年後，經同事介紹認識麗伶，當時的麗伶淘氣青春，常是動不動就抓著成庭追問幕後消息，樂得他倆總是沾沾自喜地邊拿報紙邊扮起偵探雙人組，一路推敲預測新聞的後續發展。然而如今，報紙淪為台灣的夕陽產業，報社一家家關，一間間裁員，沒想到就在幾天前，壯年失業的標籤竟也貼到成庭頭上，一下子，關心、安慰、惋惜、幸災樂禍、不安好心的聲音不絕於耳，現在，連電視主播都不放過戲弄他的機會，在他和兒子僅剩的這一點點相處的時間裡，跳出來消遣嘲諷。

成庭快快轉過頻道，接著就看到在卡通畫面裡，有隻笨貓正緊追一隻靈巧的老鼠。成庭頓時欽佩起那隻老鼠，在面對如此巨大凶殘的威脅時，竟還能一派狡黠輕鬆！難怪小朋友喜歡卡通，因為裡面的危險不見危險，暴力不像暴力，它們都被連綴不斷的奇想與笑料，包裝得隱去可怕的原貌。

成庭回頭：「小賢，要看這個嗎？」

小成賢沒有表情，沒有搖頭，沒有點頭，小手裡的大蘋果也原封未動。

成庭放下遙控器坐到小成賢身邊：「小賢，你不是很愛吃蘋果嗎？這顆蘋果，可是遠從日本坐飛機來的哦，真的很好吃，快吃。」

「不要，我不吃。」小成賢黯然低下頭，默默看著小手裡的大蘋果。

「怎麼啦？咬咬看，爸拔保證又香、又脆、又甜。」

「我不要吃。」

「小賢，再不吃，蘋果就要變色了，吃起來就沒有一百分好吃了。」

「……以後，我再也吃不到一百分好吃的東西了。」

「一百分好吃」是每次小成賢吃到成庭燒的菜時，必用的讚美詞。自從麗伶當上主管，就鮮少在家開伙、吃晚餐，在成庭為照顧小孩，從記者請調編輯後，才開始有時間為小成賢下廚，父子倆常在紅餐桌上搶幾盤菜吃，「一百分好吃」總是不停從小成賢嘴裡嚷出。

「爸拔，我現在不能吃它。因為，如果我現在吃了，那以後，就再也吃不到爸拔削的蘋果了，所以，我先不吃它，等以後想你的時候，再一天吃一點點。」

成庭聽得難受，不禁摟住小成賢：「傻孩子，以後只要想吃，打電話告訴爸拔，爸拔就會像超人一樣，立刻削好蘋果飛到你面前，你說好不好？別亂擔心，快吃。」

「爸拔，你騙人！上次，你說阿公離開我們，去了很遠的地方旅行，結果，他沒再回來。這次，你要離開我跟媽咪，一樣以後，再也不會理我們了！」小成賢大聲哭喊起來，好似他已經被騙太多次，不想再上當。

聽到小成賢提起麗伶父親，成庭便不禁回想，當初他是如何反對麗伶跟自己交往的——不知麗伶父親是不是曾被記者重重傷害過，抑或純屬偏見，他總是看成庭不順眼，尤其在麗伶違逆他和成庭結婚後，他們的關係更是雪上加霜，直到小成賢出生，當起無聊大人間是是非非的潤滑劑，他才偶爾會漫不經心地跟成庭聊上幾句客套話。

不過，現已人事全非——不僅麗伶父親在一年半前，因猛爆性肝炎猝逝，成庭也不再是記者，麗伶父親若還在世定會說：「我早就看出這傢伙沒用！搞文化流氓，能有什麼出息？他跟地痞流氓有什麼不一樣？不都是混混麼！」

成庭因麗伶父親想到自己父親，繼而聯想到有樣東西，應可撫慰兒子此刻脆弱的心靈。於是，他低頭對直盯著蘋果發愣啜泣的小成賢細聲道：「小賢，爸拔有一樣東西想給你，要不要猜猜看是什麼？」

小成賢意興闌珊地輕搖頭。

「小賢，你不是一直很擔心爸拔會離開你、不再理你嗎？有了這東西，你就會覺得爸拔一直都在身邊。」

「真的？」小成賢停止抽噎，然後抬頭睜大不能再大，且淚光晶瑩的靈活雙眼。

「要不要猜猜看？」

小成賢頭搖得凶又急，直嚷著：「快給我！快給我！」

成庭就在小成賢的殷切注目下，緩緩從脖子上，解下已經陪伴他三十一年的幸運石，接著在小成賢纖細的脖子輕輕繫上。

「爸拔，這不是爺爺給你的嗎？你現在給我，在天上的爺爺，看到會生氣的。」

「小賢，爺爺也是在我跟你一樣大的時候，給爸拔這顆幸運石的喲。爺爺說，因為跑船長年在外，很遺憾沒辦法常常陪在爸拔身邊看我長大，這顆幸運石，是他在海外的一座月神廟求來的，據當地人說，廟裡的幸運石很靈驗，只要誠心誠意戴著它，它會讓心繫的兩個人，彼此產生感應，就像不曾分開一般。結果，從爺爺幫爸拔戴上這顆幸運石的那天起，爸拔就覺得爺爺無時無刻不在身邊，即使在爺爺遇上船難，上了天堂之後也一樣。」

「真的？」在小成賢圓睜的雙眸裡，陡地綻放出晶亮光彩。

「爸拔騙你是小狗。」

「好，謝謝爸拔。」笑花終於在小成賢嘴角漾起。

❖

在成庭費盡脣舌、百般哄誘之下，小成賢終於願意開始啃早已發黃的大蘋果。

成庭陪小成賢看了約莫半小時的卡通後，便逕自到廚房準備晚餐——這是和麗伶離婚前，成庭能為小成賢煮的最後一頓晚餐，沒想到這也是成庭此生，為小成賢做的最後一次晚餐。

再晚一點，麗伶就要來帶走小成賢。小成賢以後便住在岳母家，因為離婚後，在麗伶結束每天忙碌的工作前，照顧小成賢的責任將落在麗伶媽媽肩上。原本，成庭打算自己搬出去租房子，把他們現在這間三十三坪的電梯公寓，留給麗伶跟小成賢，但麗伶執意不肯，成庭不知她是好意，不希望失業的他再有額外開支，還是逃避面對，這間曾滿溢他們愛與歡笑的溫馨公寓，她只斬釘截鐵、面無表情地說：「我只要小賢，其他什麼都不要！」

這句話，讓成庭聽得心痛又心酸——心痛自己與麗伶的多年感情，已被當垃圾掃除；心酸一向熱情活潑的麗伶，已被他傷得宛如一隻身心受創的貓，老是對外張牙舞爪，私下卻暗舔傷口。

今晚他們父子的獨處，是成庭特地向麗伶央求來的。自從麗伶誤會成庭跟怡宣有染之後，麗伶就時時武裝自己，不給成庭任何解釋機會，以冷戰將他們九年的感情打入冷宮。成庭雖千方百計試圖挽回，但總徒勞無功，最後不得不灰心放棄。他知道，感情裂痕是怎麼補也補不回的，勉強對方只會帶給彼此痛苦，或許，放手真能成為雙方的救贖。無論如何，他是無法理直去爭的，畢竟，他的肉體雖沒真正出軌，但他的靈魂，卻真的曾跟怡宣緊密結合過。

成庭心裡現在最矛盾的是，他當然希望麗伶能早日覓得良緣再婚，但又擔心如此一來，想多為小成賢下廚的心願，恐將徒增不少阻礙，甚至機會不再。

❖

成庭從冰箱拿出一道道食材，在清洗、切剁、調料後，排油煙機接著轟然作響，再經一陣鍋鏟鏗鏘，除了蘿蔔排骨湯，早於成庭削蘋果前已在大同電鍋燉煮之外，一道道佳餚就這麼接連出現在紅餐桌上——嫩薑炒肉絲、炒空心菜、蔥燒蝦、香煎鮭魚，這些菜再加上電鍋裡的蘿蔔排骨湯，全都是小成賢平常在餐桌上的最愛。

小成賢一聞到菜香，不等成庭吆喝，便自個兒乖乖關掉電視，爬上餐椅，準備大快朵頤一番。

成庭最後把蘿蔔排骨湯端上桌，小成賢馬上興奮喊道：「謝謝爸拔，爸拔辛苦了！」這是前年有一次，成庭特地下廚做好全家晚餐時，麗伶教小成賢說的話。這話聽起來，雖然有點像小學生應對老師喊的八股口號，但聽小成賢喊起來，心裡頭就是有說不出的甜，再多的辛勞，都立刻煙消雲散。而且那時候，麗伶還只是一名小職員，兢兢業業，一切以家庭為重，當時他們的三人世界，既甜蜜又溫馨，每個人眼裡流露的，盡是幸福與滿足，沒想到這一切，竟會在麗伶當上主管之後，慢慢變樣……成庭不禁回憶過往。

「小賢，這些都是你愛吃的菜，快吃。」成庭陸續夾了不少菜到小成賢碗裡，堆得像座小菜丘。

「嗯。」小成賢像餓了一整天似地津津有味吃將起來。

然而此刻，成庭的碗筷卻動也不動地懸在半空，他忘情地直瞅小成賢的吃相，彷彿忘了自己也是紅餐桌上的一員，他認真、慈藹地望著小成賢，暗盼能牢牢記住這一幕，好當作日後思念愛兒時的依憑與慰藉。

「爸拔，真是一百分好吃耶！你是一百分爸拔！」小成賢忽然抬起頭，瞇著笑臉，直誇成庭廚藝。

成庭心想，在小賢眼裡，他是一百分爸爸，那在麗伶眼中呢？他是幾分丈夫？離及格應該很遠吧。

一顆飯粒像落單的可憐小蟲，黏在小成賢的左嘴角，成庭伸手將它抹下，卻意外沾惹起盤據在他心底的哀絲怨縷，一時之間，憂愁悲傷泉湧而上。

小成賢注意到噙在成庭眼裡的淚光，他陡地放下碗筷，躍下餐椅，跨步向前，再踮起腳尖摟住成庭：「爸拔，別哭，以後，想我的時候，就快來看我呀。而且，我已經想好，從今天開始，我每天晚上睡前十五分鐘，都一定要打電話給你，問你好不好？想不想我？想不想媽咪？如果，你還願意說故事給我聽，那我會很高興喔。」

懂事的小成賢所說的話，讓成庭聽得心碎，他撇過頭很快拭去淚水，再佯裝笑臉：「傻孩子，爸拔沒哭，只是眼睛不舒服。不過，你剛剛的提議很好，那就從今晚開始，我們每晚通話十五分鐘，爸拔一定會準備好多好聽的故事，再一天一天講給你聽，來，咱們打勾勾。」

「等一下，先說好，電話一定要我打給你，不要爸拔打給我。」

「為什麼？」

「因為，我怕等電話。像媽咪每次說會從公司打電話回家，問我晚餐吃了沒？感冒好點沒？都常常黃牛沒做到。」

「好，你是老大，全聽你的。」雖然麗伶的旺盛事業心，讓這個家的溫度每況愈下，但局面演變至此，自己的責任難道不大？成庭反問自己。

「啾……」門鈴蜂鳴器響起，坐在客廳，邊看卡通邊吃水梨的成庭跟小成賢，都知道是誰來了。

成庭步履躊躇地慢慢打開鋁門，隔著鐵門柵欄，他看見一臉冷肅的麗伶。麗伶今晚身著剪裁大方時尚的粉藍色套裝，讓她玲瓏瘦高的身材，被襯托得恰到好處，再加上豔紅唇色，更凸顯出她隱含幹練氣勢的美貌。

麗伶說話的語調，早非以往，冷得凍人心扉：「抱歉，臨時加開一個會，晚到半小時。」

成庭覺得很悲哀，原本相愛無所不談的兩個人，如今行同陌路。成庭扳開鐵門鎖頭，準備前推：「沒關係，請進。」

「不了，我在這等。」

成庭垂下手，傷感地望了麗伶一眼，旋即低頭道：「好，請等一下。」

成庭喪氣地走進小成賢房間，將早已打包好的兩袋提包提了起來。在這兩袋提包裡，有他們夫妻倆一起上街為小成賢挑選的衣物，也有麗伶忙裡偷閒，為小成賢編織的鵝黃毛線背心與寶藍圍巾，當然，成庭那裡，也有麗伶為他編織的另一套。其他的，還有他倆為小成賢的過敏體質所精挑細選的玩具，以及幾本已被翻得傷痕累累的童書。

現下，這兩個提包，成庭提起來覺得無比沉重，重到彷彿下一刻，他整個人將隨提包一起沉進櫸木地板裡，但他現在沒資格逃避，也不想繼續沉淪，他冉冉走到客廳，然後輕喚小成賢：「小賢，媽咪來了，爸拔送你們到地下室。」

小成賢悶悶地跟著爸爸，成庭推開鐵門：「不好意思，讓妳久等了。」

麗伶尷尬地笑了笑，然後蹲下身牽起小成賢的手熱切追問：「有沒有吃飽？藥吃了沒？感冒好點沒？今天有發燒嗎？頭還疼不疼？有沒有多喝水？」

小成賢一直忙著點頭和搖頭。

麗伶轉身按電梯向下鍵，並伸手要接過成庭提在手裡的提包，成庭連忙道：「這不輕，我幫妳提上車。」

因為麗伶脊椎受過傷，成庭向來不捨她提重物，要不是這次麗伶堅持自己來接小孩，成庭原本打算由他送小孩去岳母家。不管是麗伶體恤成庭父子離情依依，還是擔心成庭會中途變卦，或橫生什麼枝節，她自己來接小孩，也算勉強讓成庭最後一次重溫三人在一起的感覺。自從那件事發生以後，麗伶就搬回娘家住，最近一次碰面，在幾天前，卻為離婚吵得不可開交，但在今晚，難得大家火氣都沒了，唯有股曖昧不捨的氛圍縈繞著他們。

電梯門開了，麗伶先牽著小成賢走進電梯，成庭接著進去，再轉身按下B1鍵。

電梯從十一樓緩緩垂降，成庭雖背對著麗伶他們，此時卻可在腦海裡，清晰見到麗伶故作冷漠的冰凍眼神，以及小成賢失望落寞的表情。在這無聲密閉的空間裡，時間正無止境地下墜，就像掉進無底洞，成庭忽覺腦袋空空，電梯門上方不斷變換數字的顯示器，7、6、5、4……猶如世界末日的倒數計時器，時間就這樣被莫名地拉得老長，成庭的整顆心，隨著數字的變小與電梯的沉落，開始急遽收縮，彷彿被身體裡的一個隱藏黑洞狠狠吸咬住一樣。

直到B1數字亮起，電梯門敞開，各種複雜矛盾的情緒，似已在電梯門外等候許久，終於可以一古腦兒地全湧進成庭虛空的心房，好催促他再做最後一次努力。成庭急忙回頭，像要把身體裡的隱藏黑洞奮力吐出：「麗伶，我們重新開始，好嗎？」

小成賢聽成庭這麼一說，立刻熱眼直望麗伶。

或許，在麗伶眼裡曾閃過一絲柔光，從那可隱約窺見她心防似曾鬆動了一下下，但那一點點的動搖，只像蜻蜓點水，徒惹幾圈漣漪，對她早已傷透的心，終究難起扭轉作用。

於是，麗伶低眉依舊，只淡淡地說：「該結束了。」

❖

成庭失落地陪麗伶跟小成賢慢慢走到麗伶座車旁，他先將提包放進亮白休旅車後座，再蹲下身雙手緊握小成賢的小手，強忍快奪眶而出的淚水喃喃道：「小賢，記得要聽媽咪和外婆的話喔，只要你乖，下次見面，爸拔就帶你去六福村玩。」

「爸拔，你也要記得吃早餐喔。老師說，愛吃早餐，身體才會健康，不吃早餐，就會變成小矮人。爸拔，下次見到你，如果變矮了，就是你不乖喔。」小成賢的雙眸也已泛紅噙淚。

成庭覺得自己很殘忍、很無能，實在不應該讓這麼小的小孩，承受父母感情失敗的苦果。成庭自責地再也說不出話來，只得緊緊地抱住小成賢，輕拍他稚嫩的肩膀，然後，抱他上車，替他繫牢兒童安全坐椅上的安全帶。

成庭正準備關上車門，小成賢卻急嚷道：「爸拔，別忘了喔，晚上要等我電話！」

「嗯，一定。今天晚上，爸拔就跟你講一個非常奇妙的故事，好不好？」成庭勉強擠出笑臉，盼能沖淡離愁。

「不要，今天先別說故事，我有好多話想跟你說。」小成賢的回答，讓成庭的笑臉頓時僵掉。

「好，不說故事，爸拔乖乖聽你說話。」成庭難捨地摸了摸小成賢圓嘟的臉頰，再後退關上車門。

成庭一轉身，目光即與麗伶相接，麗伶迅速別過臉，輕聲丟下：「明天上午十點見。」

麗伶頭也不回地快步鑽進駕駛座，接著引擎聲揚起，車輪轉動，慢慢地，車子愈離愈遠，最後消失在轉角。然而此刻，仍於成庭腦海裡縈迴的，除了小成賢寂寥無辜的柔弱身影之外，還有剛剛他和麗伶四目相望時，瞬間讀到的巨大哀傷與苦楚。

是該結束了，何苦再折磨人家？成庭淒然心想。

❖

「叮鈴……」

在書房整理檔案的成庭，一聽到電話鈴響，便抬起手腕，看了看錶——九點五分，小成賢平常十點就寢，今晚他一定是等得不耐煩了，才提前四十分鐘打電話來。

成庭趕到電話旁，先清了清喉嚨，再興奮坐進沙發接起電話：「喂，小賢……」

「是我。你還好嗎？」從電話裡傳來的聲音，溫柔纖細，任何人聽到這樣的聲音，都會莫名地心生好感，甚至興起憐惜之情。但這聲音此時帶給成庭的，卻只有自責與痛苦。

「怡宣，我們不是已經說好了嗎？」成庭像怕踩到地雷，語調非常謹慎小心。

「是。可是，我辦不到。」成庭對怡宣破壞協議，不但一點都不生氣，甚至還有點高興。這證明了他在怡宣心裡，是有分量的，不像麗伶，已經把他當垃圾掃出心房。

「怡宣，很對不起，都怪我太自私，害妳受了這麼多委屈。」

「成大哥，這怎能怪你？我都已經三十歲了，知道自己在做什麼。」

「……」

「仔細想想，我們都已經認識九年了。其實，我一直都很喜歡你……」

「怡宣，別說了。」

「我一直都默默地在喜歡你。我喜歡你認真工作的樣子，喜歡你和小賢說話的模樣，更喜歡你摸摸我的頭說：『傻丫頭，妳想太多了。』」

「怡宣，妳知道今天會變成這樣，都是因為我不信任麗伶，所以才會……」

「我知道，我當然知道。可是你知道嗎？那晚，你的吻，讓我有多高興？我那時直在心裡狂喊：『我等到了，我終於等到了！』」

「怡宣，我不知道該怎麼說……」

「我知道你想說，怡宣，我一直都把妳當妹妹看，我們之間是不可能有男女之情的，妳想太多了。」

「怡宣，妳是個好女孩，我實在不值得妳浪費時間。像明浩就很優秀，妳應該跟他……」

「我根本就不愛他！我會跟他在一起，只是因為他的眼睛跟你的長得很像，都是笑起來會說話的眼睛。」成庭一聽到這句話，心就陡地一震，因為類似的心情，曾經那麼深深地狠狠折磨過他。

「怡宣，不是這樣的。我常見到你們有說有笑，一看就是對非常速配的情侶，況且，明浩也經常跟我誇起妳的好，覺得他非常愛妳。」

「那，你愛我嗎？」

「我……」

「如果，你不愛我，現在請掛上電話；如果，你是愛我的，那請快來找我，或許，還來得及……」

「來得及？不，怡宣，妳千萬別做傻事啊！」

「沒想到，在我身上竟然會有這麼多的血……而且，還紅得那麼好看……」

❖

成庭在撥完一一九，拾起門邊掛鉤上的汽車及家用鑰匙，接著從暗褐小牛皮提包翻出黑色皮夾之後，便急著衝出家門。

成庭駕車，在暗夜靡雨紛飛的台北街頭疾速奔馳，他一路超車，險象環生——這當然不是他原有的駕駛風格，平常開車，不是被同事嫌慢，就是嘲諷太守法：「一點都不像記者。」幾乎每個搭過他車的人都會這麼說，不過，麗伶反倒稱許他這樣的謹慎風格。

「怡宣，妳不能死！為什麼愛我的人，都會落此下場？」成庭一直在心底吶喊著這句話。

此刻，成庭雖目視前方，右腳急踩油門和煞車，方向盤也左轉右切個沒停，但在他腦海裡，卻不停播放著自己跟怡宣、麗伶之間剪不斷理還亂的畫面——自從他因致命疏失，寫錯一則重大新聞被記過處分之後，諸事不順。首先遭總編輯冷凍，接著同業排擠，甚至連常透露第一手消息給他的洪警官，也有意無意疏遠。就在這時，麗伶反被重用當上主管，留給他跟小成賢的時間愈來愈少，麗伶不時的口頭勸慰，在當時的他聽來，全像冷嘲熱諷。自此，他們常為事業與家庭的扞格爭吵或冷戰，甚至後來，他還一度懷疑麗伶跟男主管有曖昧。麗伶的否認，當然遏止不了他因自卑而持續疑神疑鬼，夫妻關係愈來愈糟，他滿腔的抑鬱，就這樣始終找不到出口。

直至一個月前，成庭終於難忍壓抑，才開始跟怡宣這位紅粉知己訴苦。

起初，怡宣總是靜靜聆聽，忠實扮演著垃圾桶的角色。但在兩週前，也是個靡雨紛飛的夜晚，怡宣突然造訪成庭家。那晚，小成賢因為感冒吃藥睡得早，麗伶也說要加班開會，可能得十一、二點才會到家。

晚上八點半左右，門鈴響起，成庭從書房出來應門，卻驚見怡宣全身溼漉漉地站在門口，她一見到成庭就說：「我跟明浩分手了。」

成庭聽怡宣這麼一說，直覺自己似乎跟他們的分手有關，再加上天涼，怡宣渾身溼透，便立刻請她進門。

成庭拿了一套麗伶的運動服給怡宣，勸她趕緊先洗個熱水澡免得著涼。

怡宣半推半就，成庭隨即正色：「這次感冒症狀很辛苦，不但渾身無力，骨頭痠疼得厲害，鼻涕、噴嚏更是不停。我看小賢這樣，除了心疼更是自責，所以現在，請妳乖乖聽話，快去好好洗個熱水澡。甭擔心，這一切，我會跟麗伶解釋清楚。」

怡宣在洗澡的時候，成庭思緒變得異常紊亂。他想，是否因最近常跟怡宣聊心事，惹得明浩不悅而導致分手？顯然，怡宣已深受打擊，她來找他，當然有義務給予最大的支持與關懷，可是，就在這節骨眼，會不會引起不必要的誤會？不過，只要能在麗伶加班回來前勸走怡宣，應該不致會有什麼大問題才是。然而，真正在他心底蠱惑的，其實是剛剛站在門口的溼身怡宣那副楚楚可憐的模樣。他不由驚覺，曾幾何時，一直跟在身邊到處跑的小跟班，已出落得如此成熟嫵媚，不管是清秀的面容，窈窕的身材，還是優雅的舉止，更甭提她人聽人愛的纖柔甜音，都在在令身處人生低潮的他難以招架。

成庭為了擺脫心魔，乾脆到廚房準備熱茶。

泡好茶端出廚房，成庭正巧遇見怡宣從浴室出來。麗伶的運動服穿在怡宣身上相當合身，但那隱約可見的激凸兩點，教他不禁暗吞了口口水。

「快喝熱茶，暖暖身。」為解尷尬，成庭趕緊從乾澀的喉嚨擠出一點點話。

「謝謝成大哥。」在點頭接過熱茶後，怡宣即跟著成庭在客廳沙發坐下。

「洗過澡有沒有舒服點？」

「嗯，對不起叨擾了。」

「怎麼會，傻丫頭。不過，我似乎該對妳跟明浩分手的事，先說聲抱歉才對。我想，一定是這陣子，為了我和麗伶的事常煩妳，以致明浩有所誤會，沒關係，明天我會去跟他解釋清楚，相信我，明浩一定會回頭的。」

「我跟明浩的感情，本來就是場錯誤。」

「不會呀，我看妳跟他……」

「成大哥，是你給我勇氣結束這場錯誤的，我才應該謝謝你。」

「我不懂……」

「成大哥，你不用懂這件事，因為，這件事一點都不重要。」

「不，直覺告訴我，妳跟明浩會分手，是我害的，我應該去找他說個明白。」

「成大哥，我已經跟明浩解釋得非常明白了。」

「唉，怡宣，我一直當妳是好妹妹，看妳現在這樣，實在不忍……」成庭此話一出，怡宣表情便驀然痛苦起來，接著，斗大的淚珠還有一搭沒一搭地滾滾落下。

「心裡難過是該好好痛哭一場，免得悶壞身子。」

怡宣淚眼汪汪地默默瞅著成庭，輕啟的雙唇像深藏著許多說不出口的話。

「那天……你躲在我懷裡哭的那天……」怡宣終於鼓足勇氣，想一次把心底的話全說出來。

「那天，酒喝太多了，真的很失態，我很抱歉。我保證，以後不會再那麼幼稚，像個孩子似的。」

成庭憶起三天前，因和麗伶冷戰，再加上被總編輯約談資遣，心情整個盪到谷底，他一邊灌酒，一邊向怡宣訴苦，最後竟自己抱頭痛哭起來。後來，怡宣好心安慰，索性發揚母性光輝，像母親疼惜受委屈的小孩般將他摟進懷裡。

突然之間，成庭覺得好放鬆，怡宣的擁抱，讓他得以暫避身為人夫、人父的種種責任與束縛，可以任性地退化成三歲小孩，在那撒嬌、不滿足地啼泣，一種恍若對母親的無盡依賴，讓他整個人舒軟輕飄起來，這般原始的釋然，讓他貪婪地不想放開，只想放縱自己，一味沉浸在溫暖馨香的柔嫩懷抱裡。

如今成庭憶起當時，耳根還不禁灼熱起來。

「不，我很想念那天……想念那天擁抱你的感覺……」怡宣先低眉，羞紅臉，再偷瞄成庭表情慢慢把話說完。

「……」成庭一時語塞，不知該如何回應。
「我現在，能抱抱你嗎？」聽見怡宣甜美聲音的柔情召喚，令成庭頓時全身發燙。
「怡宣，茶快涼了，趕緊趁熱喝吧，等會兒，我就送妳回家。」成庭知道自己已屆逾矩邊緣，得立刻踩煞車。
「成大哥，你是不是討厭我，想趕我走？」怡宣低下頭，兩手交握雙臂。
「怡宣，妳誤會了。」成庭暗忖自己是不是想太多了？不過是個擁抱，何必大驚小怪？現在怡宣心有情傷，讓她抱抱或抱抱她，好像也滿應該的，沒啥大不了。
成庭偷瞄了一眼牆上咕咕鐘的時間——九點二十八分，離麗伶加班下班到家的時間還早：
「好吧，不過，這次換我抱妳，以回報妳上次的包容之恩。」
「嗯。」怡宣就像小學生要上台領獎般，繞過茶几，再興高采烈地迅速依偎進成庭敞開的雙臂裡。
成庭緊緊地抱著怡宣，他不知該說什麼，只靜靜地嗅著怡宣的髮香——然而，這髮香卻背著他的理智，默默在他心底，與其原始慾望慢慢翻攪起化學變化，再接著進一步引領他的心，緩緩走向迷失街口。
不知過了多久，成庭突然覺得脖子溫溼溫溼的，還綴有點狀吸吮的輕柔快感。他知道，那是怡宣的吻，那吻彷彿是女神之吻，教他就像個青澀少年般，滿足地浸淫在愛之光輝當中。他無力抵抗，反而漸漸享受起吻浪的侵襲，從下半身掀起的慾浪，更是急欲與吻浪匯聚合一——他事後反思，為何自己當時會完全失控？是因為他已經不愛麗伶？他愛怡宣？一種可笑狂妄的報復心態？還是純屬慾望的全面征服？

無論如何，成庭對慾望的失能，令他嘗到了苦果。

正當成庭與怡宣的唇舌彼此交融之際，一陣鑰匙開門的聲音，如巨雷般轟醒了正被愛慾沖昏頭的兩人，他們雖力圖還原現場，但速度不及麗伶進門的從容。他們最終只能狼狽地以衣衫不整、面露驚惶之姿，面對忿怒意外的麗伶！一切盡是無聲勝有聲，再多言語皆屬多餘。

這是麗伶第一次，說要加班卻提早回家。而她之所以會提前回來，是因放心不下重感冒的兒子，沒想到就這樣撞見了成庭的背叛。她不相信成庭的解釋，說他們沒做什麼，因為就在她進門的剎那，一道鋪天蓋地的愛慾激浪，便已迎面將她的整顆心擊碎捲走。

❖

此刻，成庭正車停在大十字路口等紅綠燈。來自各方的車流與複雜的燈號系統，教他等得焦躁難耐，他無意識地低頭望了一眼儀表板上方的時刻顯示——九點五十三分——小成賢今晚才跟他約好的通話時間，已過了八分鐘。他完全忘了跟愛兒有約，現在的他，正深陷進怡宣生命漸趨枯竭的巨大陰影裡。然而事實上，在同一時間，他住的十一樓公寓電話正響個不停，在電話另一頭的小成賢，從滿懷期待漸生納悶：「爸拔為什麼還不來接電話？」

綠燈終於亮了，緊靠成庭右側的公車才要啟動，成庭卻連一秒都不願放過地立即踩足油門前衝。孰料，一道猛如慧星的強光自右方襲來，他不禁在心底驚喊：「不好，有人闖紅燈！」

成庭的座車就這麼被整個撞翻騰起，在滾地連旋幾轉之間，兩顆安全氣囊先後像白氣球般爆出，他的視界也漸從天旋地轉變成漆黑。在這片漆黑裡，忽然清晰悠揚起悲傷的中國風情歌旋律，那是怡宣幫忙下載的周杰倫〈東風破〉手機鈴聲，無奈這通由小成賢打來的電話，竟同時為他跟怡宣兩人奏起了黑夜安魂曲。

雙魂

有光！突然有光！成庭本能地趨光前進，但此刻，他並不是用走的，而是身輕如絮晃盪飄浮，就像隻剛學會飛的蟲子，搖啊搖地朝亮晃的路燈迎去。他猛地想起什麼，停下回頭，這才看見自己滿臉是血地被夾在變形扭曲的車體裡，兩名救難人員正努力使用油壓剪與切割器破壞車門。

再望遠一點，成庭除了看見一輛豔紅的BMW敞篷車，狠狠地撞貼上高架橋墩，整個車體擠壓成團幾與橋墩融成一體之外，他還在橋墩斜對面，瞥見一席覆蓋在扭曲人體上的荒寂白巾，白巾上的滲血如凋零散落的紅花瓣般，在錯落人形的立體化下，生動得好似就要隨風飄飛起來。一隻虛握，在食指上戴有Cartier時尚金戒的右手掌，突兀若孤蓮自白巾邊緣露出，彷彿正在默默抗議，紅花瓣不該在它的地盤放肆張揚。

驀地，成庭終於想起自己跟愛兒有約，愧疚與懊悔頓時讓他墜入絕望深淵——想到自己再也沒機會為小成賢燒一桌好菜，再也沒機會為小成賢削蘋果，再也沒機會摸一下小成賢圓嘟嘟的臉頰，甚至再也沒機會陪小成賢坐在沙發上看卡通……他的整顆心，頓時揪緊得教他喘不過氣來，這些平常再簡單不過的瑣事與小動作，全都化成了遙遠的記憶，他沒辦法再為小成賢做任何事了，死亡就像把帶倒鉤的利刃，一刺一拔，瞬間將生者的世界自亡者身上攫走。

「麗伶知道車禍消息後，會為我掉一滴淚嗎？」「怡宣是等不到我去救她了，在九泉，我會再跟她相遇嗎？」成庭對死後的未來，跟他在世時對自己的看法一樣，盡是悲觀與無奈。

成庭迴身繼續向光飄移，突然，那團光爆發吸力，他隨即像被漩渦吸噬住般翻轉飄捲，值此同時，一縷青色人影也被吸飛過來，一下子他們四目對望，但當他一看到對方兇惡的眼神，即被其中忿恨的怒火嚇得別過臉去。

「他就是闖紅燈撞死我的人嗎？」

成庭的疑惑沒留在當下多久，便隨著光團的消逝而隱匿進某個黑暗時空裡。

❖

西元一九九六年二月二十四日　台北市

「嗡！」的一聲悶響——像潛在水裡聽到有人落水的聲音，成庭眼前陡地出現一個擦身而過的人影，他慌亂地先站穩腳步，再四下張望，發現自己正斜身站在熟悉的高級餐廳甬道上。他猜想，自己應該是剛從洗手間出來，幸好方才那人閃得快又巧，只彼此手肘輕觸了一下，不過，對方身影似曾相識，只是一時尚難想起。

走出甬道，成庭前望，竟發現麗伶正在餐廳的另一端直視著自己，那張他再也熟稔不過的臉，現在看起來有點怪怪的，像是少了些什麼，又多了點什麼。

不對！我不是剛死嗎？這裡是天堂？但怎麼會有麗伶？明明意識才中斷了一下，怎又活生生站在時空錯亂的環境裡？成庭無法理解眼前的一切究竟是怎麼回事。

成庭忐忑地踱步到麗伶面前。

麗伶偏著頭問：「你怎麼啦？」

成庭心虛坐下，低頭看看手，摸摸臉，啜了口飲料，再昂首深情凝望變得年輕許多的麗伶。

「你這個人很怪耶，哪有人第一次見面，就這樣看人家的。」麗伶噘著嘴，害羞地緩緩低下眉。

「第一次見面？請問……今年是西元幾年？」

「怎麼？你們記者第一次約人見面，都玩這種三歲小孩的把戲嗎？」麗伶猛抬頭，臉色微慍。

「麗伶，這不是把戲，今年是西元幾年，對現在的我來說非常重要。」

「神經病！」麗伶覺得被戲弄，索性起身拎了提包轉身就走。

成庭緊跟麗伶起身，想解釋自己還未弄懂眼前狀況，但追沒幾步，就差點撞上送菜的侍者，讓侍者先過後，他焦躁地繼續追趕，直至大門前被櫃台小姐叫住：「先生，您還沒埋單。」沒辦法，他只好乖乖付完帳，再速速推門追出。

❖

站在餐廳門外東張西望的成庭，除了努力尋覓麗伶的身影之外，也試圖蒐羅對照記憶裡的台北城。

「這到底是多少年前的台北？麗伶說今天是我們第一次見面——我們戀愛兩年後結婚，婚後一年生下小賢，而小賢才滿六歲，所以，這應該是九年前的台北？」成庭的記憶很快在他心底，仔細計算出一個明確的數字。

成庭像鴕鳥轉頭環視半天，始終不見麗伶，正躊躇是否該去麗伶住處找人之際，一位老翁踽踽行來，令他乍然轉念想先解決眼前最亟需答案的問題，於是，他慢慢走近老翁問道：「老先生，請問今年是民國幾年？」

「年輕人，你這麼糊塗過日子，到了俺這年紀，還走得出家門嗎？」老翁先抬頭瞇眼望了望成庭之後，才以濃重的山東鄉音諄諄告誡起來。

就這樣，成庭被老翁斥責了約莫五分鐘，要不是他一直點頭如搗蒜，讓老翁以為他已受教認錯，誰知還要被教訓多久。結果，老翁是頗有成就感地大步離開了，但成庭的疑惑依然未解。

兩次問人的經驗，都令成庭大受折騰，教他不由靜下心想，如果今天以前，突然有人對他劈頭就問——今年是民國幾年？我一定也會覺得，這個人若不是在惡作劇，或腦袋有問題，就是成天渾渾噩噩混日子，肯定也不會給對方好臉色。

事到如今，成庭只好自己找答案。

成庭又想，現在一團亂，跟麗伶說什麼都不對，不如先搞定混淆困惑的自己之後，再找麗伶賠不是也不遲。

接著，成庭還回想起今天和麗伶的約會，其實是同事吳翔英和他老婆所大力促成的。

成庭跟吳翔英是分屬不同路線的記者，成庭跑社會，吳翔英跑政治，兩人交情泛泛，是偶爾在洗手間碰面，才會閒聊幾句的那種朋友。所以，當吳翔英突然提議要介紹女友時，成庭頗為排斥，忍不住在心裡嘀咕：「怎麼，在你眼裡，我這麼沒行情？」不過，自從初戀情人思琪因意外身故後，在他眼裡，就再也看不見任何女人，七年來沒再交女友，朋友、同事三不五時的介紹始終婉拒。但奇怪的是，這回吳翔英的提議，竟在他心底的那片死湖，撩起了一陣漣漪，他很好奇自己為何忽然會有這樣的反應？於是，他決定接受介紹，準備像記者追蹤新聞那樣，好好探究沒來由動念的真正原因。

成庭準時依約來到餐廳，在預訂席位坐下沒多久，便遠遠望見吳翔英夫婦，與故作大方仍難掩緊張的麗伶一起從門外進來。

看見麗伶，成庭立刻明白這次為何會動念——麗伶的模樣，簡直就是放大版的思琪！麗伶身材高䠷窈窕，不像思琪嬌小柔弱，但她們的臉蛋，卻有百分之九十以上的相似度，同樣有瓜子臉，筆挺精緻的鼻子，大且含笑深邃的眼睛，以及脣形豐滿漂亮大小適中的嘴巴……他不禁在心底喃喃自語：「難道這是老天爺可憐我，給我再一次跟思琪相戀的機會？」

吳翔英的老婆連慧惠，一看到成庭詫異的表情，便知道麗伶有救了。

連慧惠跟麗伶從大一開始就是閨蜜死黨，也是麗伶多舛感情的軍師兼垃圾桶。就在連慧惠透過老公，介紹姊妹淘給成庭認識的前一個月，和麗伶交往八年的男友突然另結新歡，教麗伶備受打擊痛苦不堪，連慧惠為了讓好友早日走出陰霾，除了勸她放棄執念與不甘，更積極幫她物色對象。吳翔英會推薦成庭，除了看成庭一表人才，玉樹臨風，與麗伶頗為登對之外，也私下調查了成庭的人品、能力與喜惡，覺得不撮合兩人實在可惜。於是，連慧惠開始奮力遊說，直勸麗伶要給自己與真正的真命天子一次機會，麗伶就這麼在難卻好友盛情的狀況之下，帶著姑且一試的心情赴約。

吳翔英夫婦很識趣地在約略介紹雙方後，即藉託辭連袂離開。

原本接下來，成庭跟麗伶會先從和吳翔英夫婦的關係聊到工作，再從社會新聞談到政治，接著才話及嗜好與興趣，尤其電影，兩人更是討論熱烈，到最後，他們甚至相偕到西門町，看了《猜火車》這部爭議電影。所以，他們的第一次約會，原本是相見恨晚，有趣圓滿的。

而今，就在成庭死過一次（那似乎只是記憶中的肉體死亡），靈魂重新回到熟稔又陌生的台北街頭時，這些原屬於西元一九九六年二月二十四日晚間八點至十二點的記憶，即不住地在他腦海裡，帶著模糊的暈影跳切盤桓。怪異的是，成庭的這段回憶，好像是別人的，因為，他剛才不是已經搞砸了和麗伶的第一次約會嗎？麗伶還會理他嗎？他覺得在身體裡面，正擁擠住著兩個靈魂——一個是好像存在，但極為虛妄的未來自己；另一個則是確實存在，卻極為混亂的現在自己。

成庭失落地搖了搖頭，並在心底默默告訴自己——現下最迫切的，就是趕快在這兩個靈魂之間，劃下一道清楚且篤定的界線。

在離成庭約五十公尺遠的左側街角，正好有間便利商店，成庭雖儘速趕到了店門口，仍忍不住踟躕了一下，接著，才深吸口氣，帶著忐忑緊張的心情跨步進去，就像走入法庭等待聆聽法官宣判一樣。

❖

毫無意外地，在店門右側的陳列架上，「中華民國八十五年二月二十四日　星期六」這些約莫十四至十六級大小的印刷小字，就散布在各早、晚報報頭附近，然後，一種像印於氣球上的字體，經猛力吹氣後，快速脹大變形的錯覺，教成庭開始頭昏腦脹，他索性隨手拿了份自家報紙，付了帳，便逃命似地快步離開便利商店。

成庭好想逃回家，就像在外受了驚嚇的小孩，想快快躲回家。

回家，那車呢？如果沒記錯，這附近成庭雖不常來，但他慣常停車的停車場應該還沒蓋，照他以前的停車習慣，他只會隨機找路邊車位停車。問題是，他哪可能知道九年前的今天，他會把車停在哪？無法可想的他，只好把找車當散步，沿著人行道緩緩前行。

成庭迎著微冷的清風漫步走著，驀地，他拉高深灰外套的衣領與拉鍊，縮緊脖子，再兩手都插進口袋裡，他自認做這些動作，是盡可能減少身體與這個虛妄世界接觸的最好辦法，身上能留住的真實，或許會因此多些久些。

成庭找車找了二十幾分鐘之後，才猛然在心底哀叫：「真是白癡，我九年前開的車是白色福特TELSTAR，而剛剛卻滿腦子想找銀灰福特MONDEO，難怪找不著！」

幾乎同時，在成庭腦海裡突然湧現一連串的畫面——有一條兩旁都停滿車的巷子，巷子一邊是住家，另一邊則是灰色高牆，在高牆上，還有隻肥壯的虎斑貓正撅起屁股伸懶腰。忽然，虎斑貓像是看到什麼似地僵住不動，緊接著，成庭彷彿靈魂出竅附身上虎斑貓，忽然視界猛轉，最後經由牠的眼睛，終於看到一輛白色福特TELSTAR，一股香草冰淇淋的氣味，也同時在鼻端揚起。

甜甜、溼溼、黏糊糊的香草冰淇淋味道，就這樣像一條隱形的細繩，莫名地牽引著成庭前進，直到他真的找到那條有高牆的巷子！

其實此刻，成庭早被眼前跟腦海預見畫面一模一樣的場景，震懾得頭皮發麻，豈料走進巷子才沒多久，他馬上又和高踞牆頭，正翹起臀部伸懶腰的虎斑貓四目相接！

這隻曾在成庭腦海裡預見的虎斑貓，對成庭的出現，除了湊巧以伸懶腰的一個大大哈欠當作招呼之外，在定格不動約莫兩秒後，便若無其事地盤身瞇眼轉頭瞥望別處，一副完全不把成庭當回事的模樣。然而，成庭此時的反應，可就大大不同——他不但沒像虎斑貓老神在在，甚至覺得自己好似被扔進一個滿是蒸汽機的空間裡，震耳欲聾的轟隆聲，與陣陣噴湧的溼熱蒸氣，令他耳鳴猛烈，冷汗狂冒，整個人彷彿就快要崩解炸裂了般。

「這，怎麼可能？」成庭突然有轉身逃溜的衝動。

幸好記者追根究柢的本能，喚起了成庭挑戰超現實際遇的勇氣，他深吸口氣，再度循味前進，才沒幾步，他便望見停在住家一側離自己只隔三部車的久違愛車。

成庭一走到這輛在記憶裡，被他七年前以兩萬塊賤價賣掉的中古車門邊，即發覺腳底下好像踩到什麼軟軟滑滑的東西，低頭一看，他又被自己嚇了一大跳——原來，一直在他鼻端當嚮導的香草冰淇淋氣味，就是由車門底下，這一坨摻著小石子、壓扁脆筒與黏稀冰淇淋的可憐混合物所幽幽發出的。

❖

成庭狼狽地坐在熟悉又陌生的中古車裡喃喃自語：「難道這就是預知能力？」成庭像突然想到什麼似地調了調車內後視鏡，那隻趴在高牆上的虎斑貓，隨即悠哉地出現在鏡子裡。

成庭不禁輕歎一聲，緊接著，他像是要進一步確認，自己與中古愛車間曾經存在過的關係般，緩緩地在儀表板、車窗、門內把手以及座椅間游移十指，然後，他打開廣播，試圖再利用聽覺來強化存在感，結果，聽到對他來說算是舊歌，卻被主持人當新歌熱播的孫耀威主打歌〈習慣〉。

成庭不由細想，有誰在此刻聽到這首歌，會像他一樣立即聯想到，原本一派陽光男孩偶像模樣的孫耀威，會在多年後轉型成演員，當起大俠，做了皇帝？他覺得，自己像個變態的記憶暴發戶，一看到、聽到什麼，只要在記憶裡佔有那麼一丁點的位置，就逃不過他在一旁，以時光之筆填上無聊的註記。他不得不再深吸口氣，恍如要把這屬於西元一九九六年二月二十四日的空氣，大量抽進肺裡，仔細檢驗，好鑑定其出產年份是否真切無誤。

成庭瑟縮在這由既真且幻的車體所撐構起的小小空間裡，他整理思緒，揣度未來，像個剛被陌生人不小心撞開行李箱的旅人，慢慢一件件收拾起散落滿地的荒唐奇想：「我，成庭，從九年後的一場死亡車禍，突然回到和麗伶初識的今晚……不，應該是說，我的靈魂，突然從九年後的一場死亡車禍，往前一跳，便到今天和麗伶第一次見面的相親之夜。就像下象棋，九年後的我的靈魂，驀地飛越時空的楚河漢界，直接佔上並取代了現下我的靈魂棋位。老天爺確確實實地下了這一步棋，那接下來呢？而老天爺這麼做，又是為了什麼？」

如今，成庭不但有預知能力，甚至也有比狗還靈敏的鼻子，更大有可為的是，他已經約略知道，許多發生在一九九六至二〇〇五年間的大小事件，這使得身為新聞記者的他，宛若新聞之神般，有本事比同業更早更精準地寫下新聞，甚至還可以阻止或導引新聞。不過，整整九年的記憶，整體觀之，大都是朦朧模糊的，或許大新聞可藉回憶快速記述，但其他新聞可能得在事件發生後，才能漸次重塑輪廓，畢竟，他不可能瑣碎地清楚記得每則新聞，所以，他也沒把握到最後，自己到底能善用多少老天爺多給的這些記憶。

❖

在走錯幾條冤枉路，多跑兩座在記憶裡已被拆除，現仍存在的高架橋後，成庭終於回到租賃在永和的家。

成庭心想，在屬於未來的記憶裡——不對，所謂「記憶」指的，不是發生在過去的事嗎？但現下，在我腦袋裡，居然存放著整整九年的「未來記憶」！從此，我恐怕得隨時對腦海裡冒出的任何畫面，保持警戒，免得混淆哪個應是「過去記憶」，哪個該是「未來紀錄」。

站在樓梯口半掩的鐵門前，成庭不禁抬頭凝望，這棟感覺好像多年未見的五樓公寓，但實際上，今天一大早，他才在裡頭被川哥 CALL 醒，叫他去安和路採訪一件槍擊命案呢！

在成庭的「未來紀錄」裡，他原本會在和麗伶相戀兩年後，於板橋買下新房結婚，在那之前，這棟二十八坪屋齡三十六年，從上到下被紅色鐵窗牢牢嵌附的公寓三樓，即為婚前他倆共度許多甜蜜時光的愛的小窩。還記得那時，每天早晨，麗伶都會精心準備各種口味的心形三明治，一想到這，他最愛的培根起士氣味，隨即若有似無地飄起，一抹甜膩的暖流，也從心底直升嘴角，接著，他那被街燈照得落寞寂寥的身影，彷彿也像被「未來紀錄」裡的幸福氣味牽引了般，快快推門入內。

❖

成庭掏出鑰匙，卻忍不住在三樓自家門口猶豫了一下。

「感覺很奇怪，像在偷開別人家的門。」成庭一邊在心裡嘀咕，一邊轉動手中鑰匙。

打開鐵門、木門，轉身關上鐵門、木門，再轉身脫鞋、拉開落地窗、踏進客廳，這一連串的動作，像脫韁野馬，皆未經成庭現在混亂的腦袋指揮，全是自個兒自動依序完成的。不過，當成庭打開客廳大燈，看到「好久不見」的「過去客廳」時，仍教他當場愣在原地。

因為單身，又鮮少訪客，成庭租處客廳的家具少得可憐，清冷地除了一台黑不溜丟的小電視，跟一張房東準備的深咖啡補丁假皮沙發，像兩個無言的老友鎮日對望之外，其他像鍋蓋罩頂的荒涼水泥牆與天花板，排列整齊卻無精打采綴有細裂紋的象牙色地磚，落地窗邊東倒西歪卻紊而不亂的空寶特瓶與啤酒罐，以及被冷落在廚房門邊的白色小冰箱，這些，就是單身成庭客廳裡的全部風景了。

還記得那台 National 二十吋彩色小電視，可是成庭拿生平工作的第一份薪水買的，此舉，揭櫫了他對日後自由獨立人生的期許與自豪，因為，電視這東西，在獨力撫養他長大的母親眼裡，雖是虛耗生命的電器，卻也是她在管教愛看電視的小成庭時，一項不可或缺的賞罰利器，擁有它，象徵人生的進階與突破束縛，意義可謂非凡。

不過，「未來紀錄」馬上告訴成庭，等他跟麗伶的感情一上軌道，這間淒楚可憐的客廳，就會立刻活潑熱鬧起來。一開始，他們先換上一台三門電冰箱，接著，是一套時尚的紅餐桌椅，且在原本閒置的廚房，再添購瓦斯爐與排油煙機，如此一來，能讓麗伶大展廚藝的表演舞台，終告完成。

然後，破假皮沙發被豔紅絨毛沙發取代，造型典雅的藤椅、藤茶几陸續進駐，書櫃、衣櫃、五斗櫃、矮櫃與電視櫃，也跟著窗、門簾和輕紗，一件件豐富起這間甜蜜小窩。只有老電視，因成庭念舊及其特殊寓意，才在他的堅持及求情下，沒被嫌它小又醜的麗伶換掉。

「未來紀錄」裡的這些家具影像，就這麼像ＩＫＥＡ的樣品房間一樣，在成庭眼前的空曠客廳裡若隱若現。成庭不知道這些景象，還會不會在「這個」未來出現？因為在「這個」時空，他和麗伶的第一次約會已經不歡而散，那接下來呢？他們的戀情還有可能起死回生嗎？思忖到這，他便不敢再想下去。

成庭索性撇開錯亂心緒，踏入臥房，再撲進被克難當床鋪在地上的彈簧床墊裡，他輕嗅著棉被上略帶溼氣，且摻有自己淡淡體味的熟稔氣味，慢慢讓自己放鬆平靜，最後，他就像個剛被救上船的墜海者，一股安心的氣息漸漸滲進疲累，再一古腦兒地化成濃濃睡意，教他的意識，像沉入黑泥淖般，緩緩混沌黑漆起來。

❖

西元一九九六年二月二十五日　台北市

清晨五點五十二分，一陣嘟嘟嘟的電話聲，劃破了成庭夢鄉的寧靜。

「快醒醒，環河南路發生兇殺案了！」還睡眼惺忪迷迷糊糊的成庭，一下子就被川哥沙啞嗓門喊出的「兇殺案」三字驚醒。

在問清確切地點後，成庭趕緊刷牙洗臉，整理好服裝儀容，接著斜背提包，關上鐵門，再兩階併一階地大步跨躍下樓。

當成庭一路連跑帶跳到一樓時，透過四周幽暗中心亮晃，恍如電影院螢幕的鐵門框框，他看到門外出現了只有奇幻電影才會有的場景，忍不住倒吸口氣愣在原地。

成庭看到三根粗細不一，各有不同圖案、紋路及皮質的條狀物，在早晨清新的馬路上，或拖曳、或款擺、或游移地晃蕩著，再定睛細看，發現它們好像分別是灰綠鱷魚尾、白黑菱形斑蟒蛇尾以及赭黃樹藤蔓！他有點害怕，不確定自己是不是在做夢，於是猛打左臉頰一巴掌，會刺麻——這下糟了，如果外面不是真有一隻鱷魚、一條蟒蛇和長長一根會動來動去的樹藤蔓的話，那我的幻視妄想，恐怕已嚴重到病入膏肓的地步！成庭對自己身心的狀況，不禁疑慮惶恐起來。

突然，有位住在附近，每次見到成庭總會點頭微笑的福態婆婆，也在此時出現，她像沒見到那三樣可怕東西似的，穿著運動服直接從慌亂成庭的眼前經過。但很快地，她好像感覺到哪兒不對勁，特地後退幾步，再轉身向前，望了望成庭微笑道：「年輕人，怎麼啦？身體不舒服嗎？」

成庭尷尬地搖搖頭：「沒有，沒有，早安。」

「早安。」好心婆婆得知成庭無恙後，便再掬起笑臉迴身離開。

就在這個時候，成庭竟在婆婆臀部，看到一撮捲得像麻花的粉紅豬尾巴！

成庭驚駭莫名，不禁後退軟腿呆坐樓梯台階上。

接下來，陸續有兩名路人經過，成庭又在這兩名陌生路人的臀部上，看到一條黑紅毛夾雜蓬鬆翹得高高的狗尾巴，以及另一束未開屏拖著一道道繽紛長羽的孔雀尾巴。

「我看得到長在別人臀部上的尾巴？」成庭直在心底喃喃唸著這句話。

驀地，成庭像想到什麼似地陡然立起，接著轉身往樓上跑。

回到家後，成庭直衝臥房，再慌忙扳開衣櫃門，然後，他背對著衣櫃門上的穿衣鏡，回頭極目張望，並配合左右扭身，盡可能從不同角度檢視，好一會兒後，他終能確定，在自己臀部上，並沒長什麼尾巴。

這樣的狀況，令成庭思索出幾個可能——一、人的尾巴，用鏡子是照不出來的。二、我真的沒長尾巴。三、我看得到別人的尾巴，但看不見自己的。

最後，成庭鄉愿地選擇，自己就是跟別人不一樣，他一定是少數沒長尾巴的人，而且，只有像他這種人，在靈魂重新歸位之後，才看得到別人見不著的尾巴。

於是，成庭先深吸口氣，再像踏入叢林，準備尋找失蹤同伴的畏怯小白兔般，在心底惶惶下定主意——趕快出門，找看看有沒有人也跟我一樣，臀部沒長尾巴。

❖

首先，成庭終於知道，那三條老在鐵門外搖晃的尾巴主人是誰。

拖曳在地的鱷魚尾巴主人，是巷口雜貨店老闆的光頭老父，他正站在鐵門斜對面的公設佈告欄邊，目光炯炯地壓低聲音說話，像在氣忿地咒罵誰。而站在他面前的，則是兩位認真安靜的老翁，一位背對成庭，另一位成庭好像在雜貨店見過。

背對成庭的駝背老翁，拄著枴杖，縮著脖子，但他的樹藤蔓尾巴，像在猶豫該逮住哪個路人似的，一直在那不停來回游移；另一位見過面不相識、留著白長鬍的老翁，始終瞇著眼，插著腰，他的蟒蛇尾巴也不耐煩地在那左右款擺，彷彿早已蓄勢待發，急著等光頭老翁把話說完，就要一溜煙鑽進人群裡，再以迅雷不及掩耳的速度，把最惡毒、最具破壞力的謠言散播出去。

成庭來到巷口，好奇觀察熙來攘往趕著上班、上課的人群，他看到七位，正要趕搭到站公車的學生和上班族急奔而過，長在他們身後的三條貓尾、兩副鸚鵡尾、一條綠猴尾以及一朵白兔尾，都因緊張豎直高起。但最教他意想不到的是，有數不清的各種長尾巴，紛從公車窗縫、門縫、車頂通氣口、底盤縫隙，甚至排氣管鑽出車外，它們像是受不了在車內擠沙丁魚似的，全胡亂探出頭到外面活動透氣，晃來晃去，宛若八爪章魚的觸腕動個不停。

看著公車一輛輛停下，又逐一遠去，成庭不禁心想——這些尾巴到底是由什麼物質構成的？為何能伸縮自如、不怕高溫、無所不在？會是一種能量體嗎？看起來好像有自己的意識，那它們是像寄生蟲一樣，一直依附在人類臀部？還是根本就是，人類從原始哺乳小動物演化至今的尾椎遺族，早從幾百萬年前，便已化明為暗一路跟著，而人類卻始終不知？

事實上，除了公車，其他的交通工具，像汽車、機車與腳踏車，也都處處可見尾巴，整個場景，恍若一個規模超大的滑稽馬戲團。

一開始，成庭還滿懷希望地尋覓沒長尾巴的人，很好奇別的沒長尾巴的人，是男、是女、是老、是少？跟他之間又有哪些相似之處？不過，隨著時間一分一秒溜過，他才猛然意識到，報社的截稿時限已不遠，一下子，他的心便開始煩亂起來。

同時，成庭也驚覺，原以為這個世界，早已人滿為患，沒想到當他能看見人尾之後，竟發現從前看不到人尾，是件多麼幸福愜意的事。

「好像……沒有人跟我一樣，沒長尾巴。」成庭為了跑新聞，不得不暫緩尋伴行動。

❖

成庭一趕到命案現場，見到三三兩兩在旁議論的民眾，以及幾個同業跟數名鑑識人員，即知他來得太晚，得趕緊想辦法補漏。

成庭先仔細檢視周遭，除了瞥見在建築工地前，已乾涸變黑的大片血泊之外，還看到一位不該在此時此地出現的人——昨晚在餐廳外，直斥成庭不知認真生活的四川老翁，他現正臉色蒼白，神情飄渺地站在電線桿旁，樣子有點怪，跟昨晚罵成庭時，一副精神抖擻的模樣相較，簡直判若兩人。

忍不住好奇，也擔心老翁，成庭上前問候：「好巧，老先生，您住附近嗎？看您臉色不大好，是不是身體不舒服？」

老翁沒任何回應，像尊灰樸的蠟像。

「老先生，需不需要我……」就在成庭想進一步詢問老翁，是否需要協助就醫之際，同業阿忠輕拍了一下他的後背。

「成哥，你怎麼啦？你怎麼對著電線桿自言自語啊？」阿忠早就注意到成庭今天來晚了，怎料他並未像往常那樣，詢問同業大致狀況補漏，反而跑到電線桿前自言自語。

「自言自語？」成庭聽阿忠這麼一說，又聯想到今早忽能看見人尾，一股寒意即從腳底竄上。

成庭先望一眼神情依舊迷離茫然的老翁，接著才冉冉回頭語氣微顫地問阿忠：「你沒看到我正在跟這位老先生說話嗎？」

這下，阿忠的眼神也變茫然了：「哪有人啊？成哥，你怎麼突然變得愛裝神弄鬼？」回頭再看老翁一眼，成庭終於明白，老翁根本從頭至尾都感覺不到他的關懷，就像阿忠也看不到老翁的存在一樣。

於是，成庭猛拍阿忠肩膀：「逗你的啦，看你嚇的。」

❖

據阿忠採訪結果，整件兇案大致可還原成——死者叫宋英華，七十七歲，是位山東榮民。兇嫌叫劉克鳴，七十五歲，也是位榮民，跟死者是好友。今天清晨天剛亮，兩人即如常結伴至附近小學運動。漫步途中，死者興高采烈地提起前一晚遇見的一名年輕人，他說，那個年輕人居然攔路問他：「老先生，請問今年是民國幾年？」氣得他忍不住當場訓斥開罵。沒想到後來，死者隨口說出：「看到那個年輕人，就像見到你兒子，一樣糊塗，日子過得亂七八糟。」這句話引爆雙方口角，死者一路對劉嫌無所事事、不知上進的兒子極盡嘲諷，以致劉嫌終於受不了，最後在建築工地前，猛推死者一把，倒地的死者不甘示弱，竟隨手拾起破磚回擊。於是，劉嫌就在死者抓狂亂砸之下，手臉都掛了彩，為求自保，劉嫌也急從地面撿起廢鋼條抵抗，直至死者突然停止攻擊，頹然倒地，劉嫌才發現，廢鋼條已不在手上，而是直挺挺地刺進死者脖子裡，腥紅的鮮血，就這麼自破裂的頸動脈汩汩流出。

在聽阿忠陳述兇案時，成庭整個人就像被包在大氣泡裡，覺得阿忠說話的樣子，和道出的內容，都很不真實，而且，老是有嗡嗡嗡的怪聲在耳際作響。等到阿忠說完案情，他依然有像被推進晃盪的巨鐘裡，飽嘗超重低音震腦的感覺，纏繞的嗡嗡聲，仍舊陰魂不散若有似無地響著。

成庭索性回頭，再望了望站在電線桿旁一動也不動的老翁，定睛一看，隱隱發現在其左頸，有個不小的灰紅圓點。

成庭忙問：「死者是左頸被刺嗎？」

「咦，我剛剛又沒說，你怎麼會知道？」阿忠露出驚訝又佩服的表情。

成庭急欲印證自己所想是不是事實：「不好意思，我有急事，先告辭了。」

「成哥，你想幹麼？我跟你講的內容已夠交差，難不成，你還看出其他什麼隱情？」

「你想太多了，下次再聊。」

在離開命案現場前，成庭還特地繞到始終不動如山的老翁後背窺探。結果，他沒在老翁臀部發現尾巴，這點，讓他的心情變得更矛盾複雜，而他的怪異舉止，也讓長著墨綠海藻尾巴的阿忠，看得百思不得其解。

❖

在耗費一番唇舌之後，殯儀館的慶哥才勉為其難地答應，讓成庭看屍體一眼。

慶哥唰的一聲拉出冰櫃，成庭很快就認罪地甘願接受，「罪人」二字從此烙印自己身上。

成庭心想，這位名叫宋英華的老先生，是間接因他而死的，如果昨晚老先生沒遇見他，或許現在，還好端端坐在家跟劉克鳴邊喝茶邊聊天，當不致變成眼前這具僵硬又冰冷的屍體。

經由這件命案，成庭終於領悟到——這個世界，跟他原本待的那個世界，是兩個完全不同的世界。沒錯，在他靈魂從九年後跳回昨晚之前，原來的西元一九九六年二月二十五日一早，也就是在他和麗伶看完電影，再依依不捨各自回家之後的隔天一早，他雖也被川哥電話叫醒，去採訪一件兇殺案，但那件他約略記得像是情殺的兇殺案，案發地點應該在台北縣，絕非眼前這件！況且，原來的西元一九九六年二月二十四日晚上，他和麗伶的約會，是成功圓滿的，根本沒遇見死者，更遑論死者是因為遇到他，才多嘴惹來殺身之禍。

所以，這就是「蝴蝶效應」，成庭不由在心底驚下註解。這個他靈魂重新歸位之後的世界，因其行為的變異，導致相關的人、事、物皆起連鎖反應——這個新世界將發生的事件，與他記憶裡的會有何不同？未來，還會不會發生沸騰台灣的白曉燕命案？還會不會有震撼國際的九一一恐怖攻擊事件？甚至，小布希與陳水扁，還會不會依舊當上一國領袖？或許，新舊世界還是大同小異，不過，無可諱言，新世界裡的他，已跟舊世界裡的完全不一樣，現在這個猙獰又滿懷惡意的世界，雖意外給他靈敏的感官與獨特的能力，卻更無情、更用力地排拒他、孤立他，彷彿新世界急欲跟他劃清界線，不給容身之地，他就這麼被拋棄，宛如一隻流浪狗，今後，在這個無視於他存在的世界裡，連苟且偷生，恐怕都將會是件相當奢侈的事。

❖

成庭的世界雖已不變，但他還是得盡責做好記者的工作。

然而，當成庭心情忐忑地趕回報社辦公室，放眼望去，驚見裡頭幾乎全是晃盪搖擺的長尾巴——有乾癟堅韌的淡紫藤蔓尾巴，有半透明又黏膩胡纏在一起的粉藍水母尾巴，有綴滿吸盤且不時噴出黃黏液的橄欖綠章魚觸腕尾巴，有像鞭繩揮舞甩拋的鈷黃蜥蜴尾巴，還有花樣、顏色、長短、粗細皆不一的各種蟒蛇尾巴，它們處處盤繞糾結，整個辦公室宛若熱帶雨林。成庭忍不住納悶，為何報社同事大都長著長尾巴？長有長尾巴的人跟其他長短尾巴的，他們之間的體質與個性差異有哪些？會不會就是由於某種特質的緣故，才讓這些長有長尾巴的人，自然齊聚在一起？

成庭走向座位，瞥見怡宣正在對桌埋首寫稿。一時之間，哀傷、惋惜、不捨、心疼，甚至是愛戀的心情，全湧上心頭，他逃避地快快就座，沒想到怡宣一發現他來，即抬頭笑臉寒暄：「成大哥，你來啦。」

其實，怡宣才剛從政大畢業，來報社上班沒多久，算是社會新鮮人。成庭除佩服她一個小女生，居然有勇氣選擇極具挑戰性的社會記者工作之外，還讚賞她謙和有禮，不像其他新人桀驁不馴，目中無人。當然，他也不是沒注意到她的美與溫柔，但總覺像自家小妹，未曾有過妄念。

不過，現下的成庭，對怡宣的感覺已非過往。腦袋裡，九年後與怡宣激情交纏的記憶，似在慢慢回溫，他的皮膚、手、唇以及下半身，都正在一起努力追尋那份強烈難捨的情慾……尤其他的脣，似已感應到九年後怡宣溫柔的吻，甚至還聞到超越時空的香氣——九年後，怡宣在他家洗完澡出來所散發的玫瑰沐浴乳香，和他現在嗅到怡宣身上的 LANCOMETRESOR 花果香水味，正在暗暗交纏合流，接下來，他會不會又沉溺進那難以自拔的蠱惑當中？

「成大哥，你怎麼啦？」怡宣看到成庭愣愣地望著自己，不由害羞低下頭。

「對、對不起……」成庭一時之間，不知該如何為失態掩飾，但與其說他喃喃道出的「對不起」三個字，是為了方才的失態道歉，倒不如說是為了九年後，沒能及時救回怡宣一命的遺憾懺悔。

成庭實在不希望以慌亂的態度面對怡宣，儘管他已從九年後的深情告白當中，非常明白怡宣對他愛慕甚深，但現在的他，對麗伶仍有份責任，無論今後和麗伶的關係會如何演變，至少當前，他不能也不該對怡宣動情。

有了定見後，成庭便開始埋首寫稿，情感的紛擾似已被他暫擱一旁，但糾葛不清的興奮衝動與哀傷情絲，卻依舊不時在他心底隱隱挑撥騷亂。

失控

西元一九九六年二月二十八日　台北市

經過幾天沉澱，成庭決定加快追求麗伶的腳步，而他計畫挽回麗伶的第一步，即是偷偷來到麗伶住處，等她下班回家，再當面獻上滿載歉意的濃情花束，藉以賠罪，也給驚喜。雖然這樣做，太唐突，恐有反效果，但要他請吳翔英夫婦出面溝通撮合，實在丟臉，也太費事耗時，他不想再等了，他甚至鄉愿地揣想，只要他和麗伶的感情上了軌道，或許，眼前的一切，都可能往好的方向發展也說不定。

成庭依稀記得，當時麗伶公司的下班時間，是下午五點半，塞車到家約六點半左右，於是，他就在傍晚六點，踩著忐忑的步履，來到熟稔又陌生的麗伶租賃公寓前。

不過，今夜很反常，等了又等，麗伶家在左鄰右舍燈火的窺伺下，始終幽黯，直到十點，依然未見麗伶現身。儘管前一天，成庭已透過吳翔英跟他老婆確認，麗伶今晚會準時回家，但他仍難免擔心，麗伶會不會發生什麼意外？他不禁後悔，為何沒事先跟麗伶通個電話，然而，萬一麗伶在電話裡就拒絕他，那他真不知還會不會有勇氣和夠厚的臉皮，再繼續唱獨腳戲下去。

無論如何，人來了，花也買了，就再等等吧，若過了十二點仍不見人，只好先收攤走人，隔天再想辦法找人。

雖然成庭已有長時間站崗的心理準備，但時間偏偏在此時，像要跟他作對似的，故意走得龜速。他原本持花站在公寓前，漸因受不了人來人往的曖昧眼神，以及他們各式尾巴像獵狗般的湊近窺探，逼得他不得不緩緩退身至，已熄燈離公寓約莫十五公尺遠的托兒所騎樓裡，好似躲進暗處，即可讓他手裡的花束，變得不再那麼搶眼。

就在成庭抬手，看了一眼手錶長短指針就快要重疊，指出十一點五十八分的時候，一部黑亮賓士車，驀地從約五十公尺遠的巷口轉了進來，沒多久，竟冉冉停在麗伶公寓前。震驚之餘，成庭不覺後退，以致他的身體，就這麼完全隱遁進，托兒所騎樓那似在訕笑譏諷的巨大陰影裡。

一位俊逸的高大男子很快下車，他邊搖粉綠狐狸尾巴，邊為裡頭的乘客打開車門，果然，不出成庭預料——麗伶真的風情萬種地從賓士車裡含笑現身！

麗伶今晚穿的寶藍洋裝，剪裁俐落，青春高雅，也把她的窈窕身材，襯托得恰到好處，老實說，麗伶今晚的美，就像從賓士車裡盛開的藍玫瑰，幽幽的慵懶風情，散發出醉人的魅惑。可是，此刻出現在成庭眼前的麗伶，愈是迷人，他愈受不了，因為，這朵藍玫瑰，並非為他而綻放。

不過，成庭接著發現的真相，更教他吃驚，霎時整個人如五雷轟頂，再也聽不到，原先尚可模糊聽見的兩人對話；也聞不到，原本已嗅到的麗伶身上的CHANEL N°5香水味。他的所有感官和知覺，均完全聚焦於俊逸男子左耳下方的一顆黑痔——九年後，他在一次麗伶公司舉辦的員工旅遊餐會上，曾和當時麗伶的男上司握過手，而該名男上司，也就是後來被他誤會，和麗伶有不尋常關係的男上司，在其左耳下方，他仍印象深刻地記得，也是有這麼一顆黑痔！他將記憶裡的模糊影像，和眼前獻殷勤的男子細細比對，很快地，他們便合而為一，只不過，九年後的男上司，變壯了點。
難道這就是，老天爺要我九年後的靈魂回到此刻的原因？老天爺要告訴我，其實，麗伶徹頭徹尾都在搞背叛？早在我和怡宣情不自禁差點出軌之前，麗伶就一直跟舊情人暗通款曲？成庭忍不住心想。
「老天爺，你太雞婆了！我不要你給我這樣的麗伶！我寧可被矇在鼓裡，我要原來的麗伶，我還要我的寶貝兒子小賢啊！」成庭不住地在心底吶喊，還忿恨地緊握抖顫的雙拳，以致他手裡花束的包裝紙，不斷地隱隱發出窸窸窣窣的聲響。
成庭像個怒目門神站在騎樓暗影裡沒多久，高大的俊逸男子即帶著得意的微笑和麗伶揮手道別，麗伶則流連不捨地站在公寓門前目送，她的土耳其藍貓尾像在哼歌似地直在那左右懸晃，待黑亮賓士車以航空母艦之姿，發出隆隆的勝利之聲，從成庭身邊經過之後，麗伶才轉身雀躍進公寓，再「碰」的一聲關上鐵門。
鐵門的這道震天價響，除了闔上成庭對麗伶的心門，也結束了他們之間的各種可能，成庭不得不在心底，跟記憶裡的小成賢訣別。
「這輩子無緣了，小賢，下輩子再來當我兒子……」在成庭喃喃說出這句話後，便緩緩走出騎樓暗影，再一路回到麗伶公寓門前，他彎下腰將七嘴八舌、凌亂不安的花束，靠倚在門邊的灰牆腳上，就像在哀悼一段已逝的愛情，他還不知不覺地，在花束一朵粉嫩含苞的玫瑰花瓣上，滴下了一滴決絕的碎心淚。

❖

十二點十七分，落寞的成庭終於踱步到停在公園旁的愛車邊。其實，從剛剛見到麗伶被情郎送回家到現在，才不過十九分鐘，但這十九分鐘，卻宛若攪拌機，已將他從上到下，從裡到外，狠狠地反覆翻攪撕扯了好幾回。尤其在最後的八、九分鐘裡，即成庭踽踽獨行到公園的這段路程，教他忽覺自己就像顆流浪的孤絕慧星，獨自在荒涼無際的太空裡，呆呆直直的，一副接下來不知該怎麼辦地盲目飛行著。

正值成庭失魂地杵在車旁發愣的當兒，一道低沉溫暖的男聲突在他身後響起：「別難過了，趕快打起精神來，你要知道，挑戰才剛開始而已。」

成庭驚醒轉過身：「你是誰？你想幹麼？」

「想幫你。」

「呵，幫我？你可知道這幾天在我身上，都發生些什麼事嗎？」

「知道不該知道的事情，聞到不該聞到的氣味，見到不該見到的東西。」

拿這些從眼前這位蒼白、講話慢條斯理，卻充滿和煦善意的清瘦青年口中說出的話，來對照成庭現在的處境，簡直一語中的！的確，這幾天，他真的經歷了太多不該碰到的事，但是，清瘦青年怎麼可能會知道？成庭不得不立刻警戒起來。

「你到底是誰？」

「你的護解師。」

「護解師？」

成庭覺得清瘦青年的這個稱謂，非常可笑。

「八成是瘋子。」成庭在心底暗罵完清瘦青年，便轉身開車門。

「你與麗伶的情緣，尚未結束。」

「你跟蹤我？」成庭覺得事有蹊蹺，決定先下手為強，迴身即一把揪住清瘦青年的衣襟。

「真相，並非你眼見的那樣。」清瘦青年面無懼色，依舊從容簡要地回答成庭的疑問，儘管聽起來像是答非所問。

成庭氣憤得把對方的衣襟揪得更緊，嗓門也提高放大：「什麼才是真相？」

「真相，得要你自個兒去探究。」

聽清瘦青年這麼一說，一股抗拒不了巨石壓頂的無力感，令成庭息塞氣羸，連日來的疑懼、茫然、悔恨與哀傷，全一古腦兒地湧上心頭，教他手軟腳疲，索性整個人癱跪車旁，不禁抱頭痛哭起來。

「等你準備好了，我會再來，不過，你動作得快些，因為，考驗已近在眼前。」就在清瘦青年的聲音如夢囈般，仍在耳邊縈繞，成庭拭淚後，抬頭欲問「考驗」為何時，清瘦青年卻像未曾出現過一樣不見人影。

成庭怔望虛空好一會兒後，才慢慢低下頭搖首苦笑：「唉，動作快些？現在的我，除了只能被動接受你說的考驗之外，還能做什麼？」

❖

西元一九九六年二月二十九日　台北市

隔天上午，成庭接到川哥電話，說有家外商銀行驚爆離奇竊案，經警方初步調查，發現現場和保全系統都未遭破壞，監視器也沒錄下任何可疑人物，但金庫裡的三百萬美金現鈔，卻這麼硬生生不見了，彷彿竊賊不但自己隱形，連巨款也被一起隱形帶走般。

不過，在如此高明不見破綻的竊案裡，竊賊卻特意在金庫地面，留下一條灰長的橡膠假老鼠尾巴，這教成庭非常好奇，不禁揣想這名被警方封為「鼠尾大盜」的竊賊，是想以鼠尾，調侃自己是鼠輩？還是愛鼠成癡，乾脆拿鼠尾當犯案標記？抑或，他根本就是有意拿鼠尾，來吸引成庭注意，暗示他跟成庭一樣，都是能看見人尾的靈魂重新歸位者？

靈魂重新歸位者？嗯，不錯，可簡稱為魂歸者，這稱謂滿酷的，也合乎自己在這個世界的境況，成庭不由心想。

「不過，我會不會想太多了？」成庭忍不住在心底暗笑自己，尤其把遇見的怪事，反射到工作上，實在不倫不類，太不應該。

到了失竊銀行，成庭看到幾位分別長著黑褐牛、青綠狗、紫紅虎尾巴的警察正在忙進忙出，而尋常的客戶則猶不知情地在一樓大廳忙碌著，各種尾巴也都各自在主人臀部上輕輕搖晃。

成庭在採訪完幾位都長著檸檬黃豬尾巴，皆稱不知怎麼回事只覺不可思議的銀行職員，和保守不願透露太多細節的青綠狗尾巴員警之後，還跟搖著鵝黃狼尾巴的老周，與晃著火紅驢尾巴的小蘇兩位同業，交換了一會兒意見，沒想到，就在他準備離開銀行之際，突然有人拍他左後肩。

成庭猛回頭，一張似曾相識的臉對著他劈頭就輕問：「你是記者？」

「你是誰？」成庭的直覺告訴他，即將有大事發生。

「我有你想要的新聞。」似曾相識的臉對成庭露出狡黠的微笑。

成庭雖喜且驚，仍不忘欲擒故縱：「別耍我，我得趕緊回報社寫稿。」

「獨家大頭條，絕對值得你跟我到咖啡廳坐個二、三十分鐘。」

❖

在路口等紅綠燈時，成庭一直在心底反覆回想：「這人似曾相識，我到底在哪見過？」

「對了，幾天前，我是不是在一家法國餐廳差點撞上你？」成庭猛然憶起在靈魂重新歸位當晚，也就是第二次跟麗伶第一次約會那晚，他在洗手間外的餐廳甬道上，曾和眼前這名青年擦身而過。

「嗯，你想起來了？不過，那次，好像不是我們第一次碰面喔。」綠燈亮了，青年在轉頭跟成庭說了句，教人摸不著頭緒的話之後，便跨步踩著斑馬線前行。

成庭緊跟其後，直盯細瞧青年頎長結實的背影。

「他沒長尾巴！」忽然，有股寒意襲上成庭心頭，教他不覺打了個哆嗦，一時之間，他已分不清這是因為天冷，還是腦袋裡畏懼的什麼所引起的。

❖

「一杯黑咖啡。」青年坐定後，即跟站在一旁靜候的女服務生點飲料。

「麻煩給我一杯柳橙汁。」成庭不愛咖啡，只好隨便跟晃著白猴尾的女服務生，點每次在咖啡廳都會點的果汁。

「很好，我們連喝的飲料，差異都這麼大。」青年又說了句教成庭難懂的話。

不過，管他是鬼（因為服務生看得到他，所以應該不是），還是盡愛說些自以為很行奇怪話的雅痞青年，成庭現在只想趕快拿到獨家大頭條，其他的，都不重要：「這是我的名片，請問貴姓？」

青年也從剪裁時尚帥氣的青栗 D'URBAN 西服下的襯衫口袋裡，掏出時尚爽利的鋁製名片夾：「其實，名片對你我而言，都是廢紙。」

成庭低頭瞥了一眼名片：「哦，是呂竟軒律師。」

接著，就在成庭還沒來得及抬頭挖掘，急欲知道的獨家大頭條之前，呂竟軒便以像選美大賽評審那樣的權威語氣輕鬆道：「剛剛那位漂亮的女服務生，有一條跟她很相襯的白猴尾巴。」

呂竟軒在成庭心底丟下的深水炸彈，瞬間將成庭搶獨家新聞的欲望炸得粉碎，取而代之的，是成庭對眼前這位雅痞青年，急遽增生的巨大好奇與畏懼：「你，你也看得到尾巴？」

「我不但看得到她的尾巴，還知道今天恰巧是她生日，下班後打算跟男友去晶華慶生，而且，從幾天前，她就不時臉紅心跳，暗暗在心裡編織了一個非常浪漫的初夜，她萬分期盼今晚能美夢成真，好當作自己的成年生日禮。」此時此刻，從呂竟軒嘴裡蹦出的每個字，都在成庭心湖砸出一道道擎天水柱。

「你到底是誰？」成庭已分不清呂竟軒到底是友是敵，更詭譎的是，他對呂竟軒居然有種——終於找到同類，卻又怕被對方一口吃掉，那樣喜憂參半的矛盾心情。

「你應該還記得九年後的那場車禍吧？撞你的那輛闖紅燈的BMW敞篷車駕駛，就是我！也就是說，在魂飛過去時空之前，我們已經見過第一次面啦。」聽呂竟軒這麼一說，成庭終於憶起九年後的那場死亡車禍，他依稀記得，就在他的靈魂被一團亮光吸走前，曾有道靈魂青影飛捲過來和他對望一眼，只是當時呂竟軒眼露猙獰凶光，教他不敢直視，跟呂竟軒此刻一派優雅帥氣的模樣相比，簡直判若兩人。

「想起來了？有沒有終於找到失散多年親兄弟的感覺？」呂竟軒忽然枕臂後仰，以等著看好戲的眼神睥睨成庭。

成庭前思後想，即慢慢拼湊出，其實今天的會面，是被刻意營造出來的：「你，一直在找我，對不對？」

此時，晃著白猴尾的女服務生，倏地像馬路上冒出的違規車輛，端著飲料來到桌邊，她雖暫時阻斷了成庭跟呂竟軒之間詭祕的對話，卻也適時給了呂竟軒炫耀自己特異能力的機會：「小妹妹，生日快樂。」

原以訓練有素的動作，各在成庭跟呂竟軒面前擺好飲料的女服務生，聽呂竟軒這麼一說，便愣地停止動作，她笑瞇著眼轉頭問：「先生，我認識您嗎？您怎麼會知道今天是我的生日？」

「小妹妹，因為我會通靈啊。看妳一副喜上眉梢、情竇初開的樣子，就知道今天是妳十八歲生日。」呂竟軒除了調皮地拱起雙肩，收肘撩撥十指，再以拉長的鬼臉，逗弄女服務生之外，還跟成庭眨了一下左眼。

女服務生的白猴尾，突然嚇壞似地直挺不動，一臉不知是驚、是喜、是羞的，在匆匆把帳單擺在成庭手邊後，即僵著身子像活動人形立牌逃進長形吧檯裡，接著，女服務生就一邊躲在同事身後偷瞄，一邊嘟囔著會讓人不時轉頭窺望成庭他們的驚人話語。

❖

「這件竊案是你幹的！」成庭不想一直被當白癡耍，立刻反擊丟出大膽假設後的霹靂推論，期能一舉拉高聲勢，占據上風。

「哦，你不笨嘛。」呂竟軒收起原本滿不在乎的樣子，改以認真的表情直盯成庭雙眼：「嚴格來說，這不算是件真正的竊案喔。」

「什麼！三百萬美金現鈔不翼而飛，還不算是件真正的竊案？」成庭約略猜想，眼前這傢伙大費周章地搞出個大竊案，還在犯罪現場丟了條假鼠尾，為的就是想引蛇出洞找到自己！只是，他找我幹麼？這傢伙看起來有錢有勢，實在犯不著跟我這窮酸記者沾上邊。

「沒錯，為了找你，我突發奇想地製造了這件偽竊案。」呂竟軒驀地將身子前傾，讓成庭擺在果汁杯旁的食指指尖，跟他的鼻尖距離，從原先的八十三公分，驟減為三十八公分。

「你找我幹麼？」成庭忽有大難臨頭的感覺。

「那晚，在法國餐廳洗手間外的通道上，與你擦身而過的當下，我那九年後，也就是三十七歲的失落靈魂，突然像惡靈入侵般，莫名竄進現在我這副活力正熾的二十八歲軀體裡，霎時天旋地轉，暈眩了一下。後來，就我在洗手間靜待心情平復的時候，我隱隱覺得你似曾相識，但一時千頭萬緒，怎樣也想不起來究竟在哪見過你。」

呂竟軒緊握拳頭接著說道：「接下來，怪事一件件發生。首先，女友不耐久候來洗手間找人，我便佯稱不適，和她提前離開餐廳，沒想到，就在我牽起她的手，準備過馬路之際，她一連串花心劈踏多條船的畫面，猛然在我腦海裡跳接閃現，我們因此大吵一架，兩年感情一夕結束。

隔天一早，我還看到在每個人的臀部上，都長著不同的尾巴，也聞到遠在好幾條街外，新店開幕燃放鞭炮的硫磺味，甚至，二十八歲的我，原本左眼近視六百五、散光五十，右眼近視七百、散光六十，竟全在一覺醒來後，視力全變成二點零。」

呂竟軒像在講述一個精彩的奇幻小說情節那般認真投入，儘管他提的這些怪事，也都發生在成庭身上，但在成庭心裡，卻不曾有過像呂竟軒此刻流露出的得意興奮之情，說實話，若能選擇，成庭真的不希望遇上這些，只想當個正常人就好。

「我想，你一定也跟我一樣好奇──既然每個人都長尾巴，那自己呢？顯然這個答案，只有在找著同樣也能看到別人尾巴的人之後，才有辦法真正知道。」呂竟軒又露出似笑非笑的狡黠微笑。

「好不容易，在我慢慢仔細回想後，終於憶起為何在法國餐廳覺得你似曾相識──原來九年後，我闖紅燈撞翻你的車，而我們的靈魂，就在一團亮光的牽引下首度碰面。於是，我接著想，我的靈魂最後竄回到九年前的軀體，還因此多了些奇怪的特異能力，那你呢？會不會也跟我一樣？」

呂竟軒續以警察誓言要抓到綁匪的那種堅決語氣輕嚷道：「所以，我一定要找到你。」

「如果你找我，是為了想問我，你有沒有長尾巴？那我馬上可以給你答案。不過，在這之前，也請你趕快給我獨家新聞，我已經沒時間再跟你窮耗下去……」原本，能遇到同類，對成庭來說，應是件值得慶幸的事，但在不斷感受到對方的熾盛敵意下，他猥瑣地選擇逃避，自認還沒準備好，一點都不想面對這麼快就找上門的考驗。

「關於我有沒有長尾巴，在見到你的時候就已經知道。當然，在接下來跟你要另一個答案之前，我會先完成允諾，給你這件偽竊案的獨家內幕。」呂竟軒像名以物易物時代的商人，一下子將一堆種籽掃進腰囊，一下子把攤上裝有七分滿桑葚汁的葫蘆推給對方。

「前幾天，我在另一家法國餐廳巧遇一位客戶，那時，他正和這家外商銀行總裁吃飯。當我看到這位總裁的尾巴——一粒粒小紅光點，像發光血蛭爬滿了整條焦黑色的大老鼠尾巴，還嗅到在濃濃古龍水遮掩下，仍隱隱發出像牙膏塗在死魚上的那種奇怪腥辣臭味，便知這傢伙一定幹了不少壞事。果不其然，客戶後來介紹我們認識，一握手，我就在腦海裡看到他戀童的變態噁心畫面。在當時，我沒想太多，只覺得跟這種人握手，弄髒自己，很不舒服。」

成庭聽呂竟軒這麼一說，才驚覺自己對人尾的關注實在太少，從未仔細觀察過在尾巴上嵌附著什麼，也忽略了尾巴竟還擁有特殊的氣味，更沒料到僅短短幾天，呂竟軒這傢伙對人尾的研究已頗深入。想到這，他就不禁慚愧，身為記者，好奇心和追根究柢的精神，本應比一般人強，如今，他卻輸給總為有錢壞蛋找法律漏洞脫罪的狡猾律師。

呂竟軒忽然合起雙手，湊近鼻子，像是擔心手上還殘存著外商銀行總裁的腥臭味般，接著輕吸口氣再道：「隔天醒來，我靈光一閃，想到一個能引你現身的方法。我先利用公用電話，照名片上的專線號碼，打了通匿名電話給那個噁心的外商銀行總裁，告訴他，我知道他戀童的事，若不想身敗名裂，就得在隔天，讓自家銀行失竊三百萬美元現金。怎麼做，我不管，但只要沒在翌日媒體，看到他自導自演的失竊新聞，那他的醜聞，將取而代之。當然，我還特別交代他，一定要把能啟你疑竇、引你聯想的重要物件——橡膠玩具鼠尾，丟進失竊現場裡。至於那三百萬美金的下落，我想，應該很快就會重回銀行金庫，倘若沒有，那這樁偽竊案，恐怕真要變成離奇竊案了。」

「你在耍我，我真要這麼寫了，豈不被天下人當傻瓜？」成庭對呂竟軒的說詞半信半疑，更難說服自己要將這麼離奇的事件，化成白紙黑字，再署名上報，儘管這離奇，早已纏上他。

呂竟軒斜睨著眼冷冷說道：「事實就是這樣，這獨家大頭條，要不要，寫不寫，都隨便你，反正，我已經履行承諾。」

「不過，以上所言，對我來說，一點都不重要，也不是今天我找你的重點。真正的重點，是接下來我要問你的問題。」呂竟軒又將不知已在何時靠回椅背的上半身前傾，並在嘴角暗暗掛上，像剛從墳場偷來的陰森微笑。

「你到底想幹麼？」成庭忽覺有無數看不見的虎頭蜂，正緊緊包圍住他，它們尾部的毒針，離他身體都不超過一毫米，若答不好，恐將有萬毒螫身的致命危險。

「你要當我的 PARTNER，還是敵人？」

「什麼意思？」成庭真的不懂呂竟軒在說什麼。

「不要跟我說，你從未想過，能看到人尾、預知未來以及感官超凡等等這類事，對你我今後的人生，會帶來多大的好處；更不要騙我，至今你還沒想到，你我的存在，對彼此而言，合則兩利，分則兩害，難纏之絆腳石非對方莫屬！」呂竟軒佐以鷹眼般狠準銳利的眼神，續將上半身前推，使得他的鼻尖，跟成庭因懦弱而無意識縮至桌緣的食指指尖距離，再拉近到只剩二十八公分。

「所以，我才會問你……」呂竟軒刻意咬字清楚地徐徐唸出：「你要當我的 PARTNER，還是敵人？」

「很抱歉，你剛剛說的，我真的都從未想過，而且，我也沒意願當任何人的 PARTNER，更不想與任何人為敵。」成庭不願想太多，只鄉愿地以為，獨善其身，是當前最保險安全的策略。

「呵，你太天真了！」呂竟軒滿臉盡是不屑的慍氣。

「今天不算，我給你三天時間，好好考慮，第四天以後，你不是我的 PARTNER，就是敵人。是 PARTNER，當日起榮華共享；若是敵人，那很抱歉，你只好成天提心吊膽，等著被我終結掉！」呂竟軒恍如敵營派來的使者，傳完話後便急著離開似地倏忽站起，並以面具般的笑臉輕聲道：「這杯咖啡，就當作是我給你獨家新聞的報酬。」

呂竟軒沒等成庭答腔，就逕自快步走到咖啡廳大門前，但在他拉開玻璃門之際，亦即仿如小丑敲打破銅爛鐵般的門外車流聲，唐突地竄進咖啡廳的同時，他陡地回頭，並以誇張的嘴形，對成庭無聲唸出「PARTNER」，之後，他才頭也不回地消失在離大門約三步之遙的街口轉角。

成庭怔在原位一會兒後，才驀地回神站起，他快拾帳單準備埋單，卻不知怎地，視線像被什麼定住似的，始終無法從呂竟軒喝過的咖啡杯移開，沒多久，他的左手更像有自我意識般，居然主動拿起咖啡杯。於是，他就左手攫著咖啡杯，右手拿著帳單，躊躇地緩緩走到收銀檯前，他先把咖啡杯和帳單輕放在櫃檯上，再緊張地吞了口口水，然後，靦腆地跟站在收銀檯後面長相甜美的小女生怯聲道：「小姐，這只咖啡杯，可以賣給我嗎？」

「對不起，那是非賣品。」收銀檯小女生以像對待搭訕客的嚴肅不屑眼神斜瞟成庭。

「如果我能當場回答妳問的任何問題，可否請妳試著考慮看看？」成庭想反擊呂竟軒威脅的雛念，似已在心底萌芽，只是，他怎麼也沒料到，自己竟會這麼快就急著找人測試，那份一直被他輕忽排拒的特殊感應能力。

「真的無論任何問題？」收銀檯小女生突然變了張臉，宛若一名找上神算求情問愛的徬徨女孩，在她黝暗深邃的雙眸裡，漸漸綻露出晶瑩閃爍的渴求流光。

「嗯。」成庭回答得有點心虛。

「好。那我問你，我男朋友叫什麼名字？他還愛我嗎？」收銀檯小女生認真出題，一副若你厲害請馬上回答，否則立刻滾蛋的嚴厲模樣。

成庭輕吸口氣，好讓自己先沉靜下來，接著，他就從幾次呂竟軒被誘導出特殊感知的經驗判斷，「碰觸」應該是開啟感應的一種可用手段：「身上有他送的東西嗎？」

「喏。」收銀檯小女生俐落取下左手中指的銀戒。

成庭將銀戒緊握手心，閉起眼，慢慢地，一幕幕影像恍如早等在那，只待他揿下按鈕，即可在腦海裡播放呈現——一張張、一封封寫滿親暱內容的便條紙和信函，被洋洋灑灑地砌疊滿桌，信封上頭收件人的姓名清晰可見……一幅幅浪漫繾綣的限制級畫面，不管是男女或女女，同一位中性打扮的清秀女生，八面玲瓏地調戲著不同的男女主角……一句句淫聲穢語，也同時在成庭耳畔帶著鹹溼氣味，像夢囈一樣直響著。

成庭渾身發燙地清了清喉嚨，然後遞還銀戒，待心情稍稍平復後，方即羞赧地低聲道：「『他』叫謝家儀，『他』……『他』好像同時喜歡好多人，有男，有女，有妳，還有別人……」

收銀檯小女生臉色瞬轉慘白，雙眸也開始泛紅，閃閃淚滴就快奪眶而出，好不容易，她才勉強擠出一句息弱飄忽的話：「嗯，真是這樣……」

成庭尷尬地望著收銀檯小女生，只見她默默轉頭，將視線放在門外風景不知在哪的一點上，約莫六秒，她才自言自語似地輕聲道：「你很厲害，咖啡杯你可以拿走了。」

「對不起……」成庭覺得自己做了件難說是好是壞的事，但害小女生傷心，總覺過意不去。「不用說對不起，反倒我該謝謝你。如果你真覺得過意不去，那多給我一千塊，好彌補我跟店長謊稱遺失咖啡杯的扣薪損失。」收銀檯小女生依舊喃喃輕聲說話，不過，雙眸裡的淚水，似已隨枯槁的心一同乾涸，甚至她的玫瑰紫狐狸尾巴雖早像掃帚癱地，但色澤也因此變得暗沉許多。

結果，成庭在執意多給收銀檯小女生兩千元之後，便悄悄離開咖啡廳，而那只得來不易的咖啡杯，被他以報紙層層裹護後，就小心收進背包裡。他不知道為何非要這只咖啡杯不可，剛剛的他，像著了魔，一心只想拿到咖啡杯，這是他的直覺不甘寂寞地跳出來宣示主權嗎？那接下來，還會有哪個感官自己跳出來？成庭忍不住心想。

回到報社，成庭不得不心不甘情不願地，寫了篇不痛不癢的新聞稿交差。成庭很嘔很氣，他不停在心裡想著，現在，這件被新聞界號稱為，台灣有史以來最最離奇的銀行竊案，全天下恐怕就只有他一個記者知道真相，但偏偏無法吐實——只因為，真相的荒謬，教他不敢聲張。

❖

怡宣早在成庭步入辦公室時，就看出異樣，等成庭寫完稿，像個洩氣人偶癱在座位上發愣，其他同事下班的下班，上洗手間、茶水間，以及和編輯交換意見的全離開之後，她便偷溜到成庭身邊蹲下輕呼：「成大哥，你有心事對不對？需不需要垃圾桶？我可以隨時上場當忠實聽眾喔。」

此時怡宣的關懷，讓成庭原本枯槁無助的心，頓時如逢甘霖，這種澈底滋潤身心的感覺，在他歷經目睹麗伶早有情郎——這情郎還一直潛藏至未來，是真正破壞他原以為是自己搞砸婚姻的第三者，以及另一名魂歸者登門挑釁的刺激之後，讓他本來就傷痕累累的意志，加速瓦解，他漸漸被逃避、不滿、不解、報復、憐惜、求生……等等複雜矛盾的情緒土石流淹沒，亟需抓住個什麼才可能脫困。

好在，怡宣真的就一直蹲在成庭身邊，讓她好似一根及時出現在成庭眼前的繩索，只要成庭願意伸出手抓牢，即可馬上獲救活命。

「麗伶跟我的情緣，根本就是場錯誤！」成庭在心底，將他跟麗伶的感情定調後，才稍鬆口氣苦笑：「怡宣，妳絕對無法想像，現在的我，有多麼希望，能將心裡頭的那一大堆垃圾，全都一古腦兒地倒出來。」

「哇，有這麼多，難怪成大哥你今天一上班，就一臉便祕樣。那好辦，從今起，每天都儘量對我倒垃圾，直到你心寬舒暢為止，如何？」怡宣笑得好甜，好像她的臉就是蜜糖做的。

成庭對怡宣的體貼萬分感動，不禁眼眶濡溼起來：「怡宣，妳對我這麼好，實在不值……」

怡宣看成庭居然紅眼噙淚，驚覺事態嚴重：「成大哥，看來你的垃圾很不簡單，該不會惹上什麼黑道大哥，或白道大官吧？」

「怎麼？妳怕啦？」成庭見怡宣一副認真樣，不由輕笑開來。

「怕什麼？我這輩子除了怕鬼、怕蟑螂之外，什麼都不怕！」

望著怡宣嘟起嘴的可愛模樣，教成庭突然好奇想看看她的尾巴。於是，成庭轉頭後仰，即見一扇七彩絢麗的人魚尾巴，在怡宣身後安靜地輕晃著，同時，他也依稀嗅到一抹從未在怡宣身上聞到過的氣味——像是在淡淡的罌粟花香裡，摻進一把夏日清風吹過草原的青草沁香，再添入一道雨過天晴的清新溼涼空氣，這樣的一種宛若幽藍深海的氣味。

「成大哥，你在看什麼？」怡宣不知道成庭在她身後看到什麼，只見成庭兩眼發亮瞪得老大，就像看到什麼稀世珍寶似的，因此，她也好奇地循著成庭視線，頻頻扭身後望。

「我看到一隻大蟑螂。」成庭心情大好，索性任玩心恣意妄為。

「在哪裡？」怡宣嚇得跳將起來，一下子竄逃至三公尺外。

別組同事都因怡宣的大動作，紛將疑惑與嫌惡的目光聚焦她身上，而她畢竟還是位新人，一時之間不知該如何是好。成庭見自己玩笑開過頭了，不得不硬起頭皮跟同事打圓場：「對不起，剛剛我在抽屜裡發現好多隻蟑螂，嚇壞了怡宣，都怪我太貪吃。」

風平浪靜後，成庭悄悄踱步到，已回座位，但仍氣惱自己好心沒好報的怡宣身邊，然後，他彎下身在怡宣耳畔輕聲說：「走，請妳吃飯賠罪，順便再告訴妳，我剛剛真正看見的絕美東西是什麼。」

怡宣噘著嘴，斜眼加瞪成庭一眼：「如果你沒辦法說服我，剛剛看見的東西，真有那麼美的話，哼！那我告訴你，成大哥，你可要倒大楣了，從今天算起一個月，天天都得請我吃好吃的東西。」

成庭在怡宣深邃似海的雙眸裡，篤定感應到一種他所迫切需要的能源動力，他很希望自己待會兒，真有勇氣對她吐露真相，但又不得不擔憂——拖怡宣下水，會不會又害了她？

❖

「成大哥，別再賣關子了，你到底看到什麼，趕快從實招來。」怡宣在自助吧檯揀選了幾樣低熱量食物後，便亦步亦趨跟著成庭回到座位，一坐定，就迫不及待地繼續追問，她從報社到飯店餐廳這共二十八分鐘的車程裡，一再提出卻屢遭成庭取巧閃避的問題。

在午後大剌剌陽光的揮灑活絡下，歐式自助餐廳兩面落地玻璃牆外的叢叢綠樹，雖以婆娑搖曳之姿散發出慵懶的氣息，但在成庭不經意瞥望此番風景的同時，卻感應到一股壓抑暗伏的蠢動，不僅隱匿在叢叢綠樹裡，也暗藏在他心中——彷彿玻璃牆內外的兩個世界，雖以有形的玻璃一分為二，但實際上，一些無形的物事早已穿梭其間，它們現正彼此影響相互激盪著。他望了望怡宣，又轉頭瞅了那些綠樹一眼，一種內外世界的界限，在百般掙扎當中，漸漸形變模糊的感覺，已愈來愈挑釁地在他心底不停交揉攪擾。

成庭先嚥下一口黑鮪生魚片，才像補足了元氣似地注視怡宣雙眸認真道：「我，我剛剛看到的是，一條像是鑲滿了七彩鑽石鱗片的……人魚尾巴。」

怡宣聽不懂成庭的意思：「人魚尾巴？在哪裡？」

成庭怯怯地輕伸食指：「就在，妳的臀部上。」

「啊？」怡宣驚詫回頭，極目下望。

不過三秒，怡宣便回頭嬌嗔輕嚷：「成大哥，你在糊弄我。」

成庭表情嚴肅地，像是沒聽到怡宣的嬌柔抗議接續道：「妳看，坐在我右前方的情侶，男生長的是白白長長的壁虎尾巴，女生長的則是黃黑紋交替捲曲的老虎尾巴，真是絕配呀。」

「？」怡宣一頭霧水地望了望成庭所指的情侶，他們除了男生留及肩長髮、戴耳環，女生理小平頭、左肩刺青較特殊之外，跟一般男女沒啥兩樣，白白長長和黃黑紋交替捲曲的尾巴？哪有啊？怡宣不禁在心底暗嚷。

「剛剛從我們身邊經過的女服務生，長有一條短短的粉紅烏龜尾巴，現正和她說話的男顧客，則有條高高舉起的深紫臭鼬尾巴，而在他旁邊默默吃東西的兩名小孩，也都一樣高舉著臭鼬尾巴，不過，顏色較明亮，一橙紅、一水藍，還有……」

成庭不停地描述座位附近每個人的尾巴模樣，害得怡宣只好窘迫無奈地隨他一一找人，直到按捺不住：「成大哥，你怎麼啦？你是說這裡的每個人，都長有尾巴，但只有你看得到？」

成庭聽怡宣這麼一說，便陡地閉嘴，七秒後，他隨便揀了塊叉燒肉塞進嘴裡，再喪氣囁嚅道：「妳不相信，對不對？」

「我……」怡宣為難地一時之間不知該如何回答。

怡宣驀地靈機一閃，想到一個頗能說服自己，也能安慰成庭的說法，於是，她先吃口沙拉，擦擦嘴角，再仰頭微笑道：「嗯，我想，成大哥能看到人的尾巴，就跟有陰陽眼的人，能看到鬼一樣，非當事人，難以想像，對不對？」

成庭苦笑：「唉，我倒從未想過這樣的類比……但是，發生在我身上的怪事，若真有這麼單純就好。」

「成大哥，在你身上，還發生別的怪事？會比能看到人尾更怪？」就記者的專業直覺，怡宣知道成庭接下來要講的，才是真正困縛住他的癥結所在。

「妳真相信我能看到人的尾巴？」成庭不相信怡宣這麼容易就相信他的話。

「高中時，我們班上就有一位同學有陰陽眼，她說的，可比你的恐怕驚悚許多，別說我信，我們班還因此組了個探討靈異電影和小說的地下社團呢，就叫『靈社』。成大哥，這名字不錯吧，光聽就很嚇人對不對？它可是我取的喔。」怡宣繼續努力說服成庭和自己。

成庭不希望接下來要說的話，是在怡宣半信半疑的情況下道出，他得想辦法以實際行動來證明點什麼：「怡宣，現在請妳當我是路邊擺攤的算命師，想問什麼儘管問。」

「嗯，好玩。」怡宣雖不知成庭為何突然想替她算命，但在嚥下一口鮭魚生魚片後，即聳肩擦掌，一副躍躍欲試的模樣。

「大師、大師，請告訴我，我的真命天子，何時會出現？他是做什麼的？」怡宣淘氣地閉起眼，再雙手合十前後輕晃，彷彿拜神般求情問愛。

成庭哭笑不得又心疼地迴避他不敢面對的事：「愛情不能問。」

怡宣聽成庭這麼一說，便猛張開眼抗議：「哪有人算命，不能問愛情的！」

成庭也覺得自己像個兩光算命師，不禁低眉收下巴怯聲道：「除了愛情……其他的，都可以問。」

「好，大師，那我問你，我父親下個月，可以回大陸探親嗎？」怡宣父親最近身體狀況不佳，卻仍執意下個月底返鄉，這事直教她憂心不已。

「身邊有妳父親給的，或跟他相關的東西嗎？」

「大師，你真是大師耶，從沒聽過算命，還有這些怪規矩的……」怡宣邊說邊從皮包掏出一隻典雅精緻的鋼筆：「這是當上記者後，父親特地買給我的禮物，他說，當記者，定要有隻正義之筆，好為民喉舌，揭弊除惡。」

成庭接過鋼筆握在手心，一閉上眼，即見一位高個兒頗具威儀的老先生，突然在一棵開滿白花的大樹下暈厥倒地，陪伴在旁的親友，一下子全像熱鍋上的螞蟻亂成一團。接著，成庭又看到老先生變年輕，他先小心翼翼地打開一個，已經斑駁掉漆看似糖果罐的紅色圓鋁筒，再從上衣口袋，掏出一張紙鈔塞了進去。接下來，老先生又變回原來的樣子，只見他面色凝重地站在醫生旁，一直呆呆望著一張X光片……然後，成庭突然清晰聽到醫生說的話，一字一句的，它們慢慢化為風雨來前的悶沉溼氣，熱燥得就像有人在他心房挖了個洞，再添柴加炭，點火搧燒。

混沌

成庭驀地鬆開手，再默默將鋼筆遞還怡宣。

在清了清喉嚨，和拭去額頭幾滴冷汗之後，成庭才以篤定的眼神，面對正殷殷望著他的怡宣：「伯父身體不好，對不對？」

「嗯，他年紀大了，又有心臟病。」成庭的嚴肅表情，讓怡宣心頭蒙上一層陰霾。

「讓他去吧，他想落葉歸根。」成庭低下眉，不忍給怡宣震驚又難過的答案。

「落葉歸根？什麼意思？」怡宣心頭的陰霾已轉成烏雲。

「這應該是他老人家最後一次去大陸，他不會再回台灣了。」成庭答得含蓄，體恤地保留一分答案。

「這怎麼行，他的身體不適合長居大陸。」怡宣鄉愿地將不好的想法轉了個彎。

「怡宣，醫師已經告知他生命只剩三個月，他想老死家鄉。」成庭終究不得不道出最後一分答案。

怡宣睜大眼，虛張著嘴：「這，怎麼可能？」

「還記得妳小時候拿來存錢的紅色糖果罐嗎？伯父是不是常偷塞錢進去？」成庭不希望自己像個喜歡危言聳聽的江湖術士，只好再提他不可能知道的怡宣祕密。

怡宣的眼睛睜得更大，仿若目睹一名外星人正朝自己走來，九秒後，她才喃喃道：「小時候，每次只要考試成績好，隔天，就會在我充當存錢筒的糖果罐裡，憑空多出一張紙鈔。興奮地問爸媽，爸爸總是說，那是糖果仙子給的，希望我好好加油，繼續努力念書。爸爸還跟我說，念書可創造出無形的力量，它跟錢一樣，會愈存愈多，只要累積到相當數量，就可幫我們實現願望。」

「成大哥，我十分確定，自己從未跟任何人提過這件童年往事，而你也不可能認識我爸媽，那你是怎麼知道這件事的？難道真的只靠一隻鋼筆？」怡宣已經百分百完全相信成庭的話了。

「那是一種像預知的感應能力，能利用物品，感應到相關人的過去、現在與未來。」這是成庭第一次認真看待自己突獲的能力，而且，還條理分明地描述出來。

「……」若在平常，怡宣定會毫不遲疑地，馬上對成庭的特異能力，發出讚歎之聲，但此刻，要是她相信了成庭的特異能力，也就等於確認了父親的死期，這教她的心，整個緊縮起來，就像被收緊的黑網用力裹纏住，一時之間，什麼話都說不出口。

第二次了，這是成庭第二次因為使用特異能力，而傷害到發問者的心。他愣愣望著落寞低頭，很慢很慢嚼著食物的怡宣，許多安慰的話，都塞車似地堵在喉頭。他在心底，一方面高興終於有人善意了解到真相，但另一方面，卻又後悔地譴責自己，不該這麼自私，亂拖人下水。

現在，話說到一半，剩下的，是否該繼續？還是就此打住？成庭覺得自己，彷彿站在濃霧瀰漫的大十字路心，從各方駛來的車輛，都在快撞到他的前幾秒，才猛轉方向，「找死啊！」的咒罵聲和喇叭聲不斷，想躲想逃，卻不敢動，他根本看不到活路，驚嚇和威脅一直橫亙四周，他只能猥瑣地縮在原地，盡可能地捲曲身軀，讓自己活像顆球，妄想在下一秒，從天外掃來巨腳，唰的一聲，將他這顆人球，踢到九霄雲外去。

驀地，怡宣宛若女神般飄浮在半空中，她全身散發出溫煦的光芒，而這些光芒，就像火炬帶給暗夜旅人勇氣一樣，教成庭終於敢奮力挺直身，再虔敬地跨前幾步，準備聆聽女神恩賜的至理箴言：「其實，成大哥能擁有這些能力，應該感到高興才對。」

成庭恍惚地點了點頭，隨即又猛搖頭：「不，不只這樣。」

「難道除了能看到人尾和感應未知，成大哥還有別的奇怪能力？」成庭從怡宣睜大的雙眸裡，看到自己就快變成怪物。

「算了，在妳眼裡，我已經是個怪人，我不希望再接著變成怪物。」成庭才急踩煞車，馬上又有點後悔。

「成大哥，你怎麼這樣想呢？」怡宣的眼神，很快從驚訝好奇，轉變成含情脈脈：「當我聽到成大哥說，我有條美麗的人魚尾巴時，我好高興，雖然看不到，但完全能想像那畫面，我很慶幸自己長的，不是難看的老鼠，或蜥蜴之類的尾巴，要是因為這樣被你嫌棄，就實在太冤枉了。後來，再聽到你對我父親返鄉一事的說明和看法，更讓我想通，人生苦短，能無憾地走，其實是件非常幸運的事。因此，成大哥，你的特異能力帶給我的，都是正面、教人成長的力量，我感謝你都來不及了，怎可能當你是怪人？事實上，能有機會參與你的奇妙人生，對我來說，就是美麗的奇蹟！」

怡宣的右手，這時恍如飄飛的白紗溜過餐桌，再輕柔安靜地披覆在成庭的左手背上，頃刻間，一道酥麻強勁的電流，直擊心窩，令成庭原本退縮猶豫的心，整個崩解撤防。

成庭心情激動地也將右手掌，輕疊上怡宣細嫩的手背，他覺得自己跟怡宣，已是生命共同體，不該再對她隱瞞：「怡宣，接下來我要說的，更匪夷所思，妳可能難以接受。但是，如果沒有這件事，其他什麼看到人尾、預知感應之類的能力，全都不可能出現。」

怡宣低眉羞紅著臉，靜待成庭繼續說下去。

「怡宣，現在，這個坐在妳眼前的男人的靈魂，實際上是從九年後來的。」怡宣又開始有疑惑的表情。

成庭慢慢說話，像在小心翼翼地過破朽的獨木橋：「九年後，也就是西元二〇〇五年，民國九十四年十月二十日晚上近十點，我開車行經一個大十字路口時，不幸被一輛闖紅燈的ＢＭＷ撞上，隨後沒多久，靈魂出竅的我，便看見自己渾身是血地躺在變形的車裡，沒想到，在接著被一團亮光導引吞噬後，我那自以為已死的靈魂，竟從九年前，也就是上週六的這副軀體裡醒來！我這麼說，妳聽得懂嗎？」

「成大哥的意思是說，你現在的靈魂，來自九年後，而讓這件怪事發生的觸媒，其實是九年後一場發生在你身上的死亡車禍。也就是說，成大哥的靈魂穿越了時空，直接從九年後的軀體，換到了現在的這副身體裡面。」怡宣如此快速且清楚地整理出成庭想讓她明瞭的祕密，態度實在太從容平靜，教他不得不忐忑心想——怡宣是因為相信才坦然理性，抑或覺得無稽而敷衍應付？

「怡宣，妳沒必要強迫自己，相信這種完全超乎常理的事。」成庭又畏縮地後退一步。

「成大哥，我始終覺得人是渺小的，但世界卻無窮無盡。任何事都可能發生，不能因為人類的現代科技無法去驗證解釋，就鄉愿地閉目遮耳。未知並不可怕，但無知又畫地自限，就太愚蠢可悲了。」凝望怡宣閃爍著智慧之光的眼神，成庭突覺連日來老是疲憊惶惑的心，竟開始怦然篤定起來，不禁暗歎眼前的女孩，不僅貌美，還擁有一般人所少有的——求知且開放的心靈。

「成大哥，或許一時之間，我們很難找出個明確說法，來解釋這一切，但事出必有因，相信終有一天，真相定會大白，而在那之前，我真心希望，成大哥能好好珍惜善用這些特異能力。」

「怡宣，如果怪事只到此為止的話，或許我真會聽妳的，認真想想，未來該如何利用閒暇，好好當個正義超人，但老天爺顯然不願給我太多時間思考……」為免節外生枝，成庭決定不說九年後，他與怡宣、麗伶之間的關係與衝突，畢竟目前最棘手的，是呂竟軒的出現。

「嗯，我猜成大哥接下來要說的，就是讓你今日意志消沉的真正原因。」

「沒錯，因為今天，大麻煩找上門了。」

接著，成庭便約略把他跟呂竟軒從車禍開始，到餐廳、銀行和咖啡廳的幾次互動說給怡宣聽，但其中有關跟麗伶初見面相親的部分，自是被他省去略過。

「這麼說來，呂竟軒也跟成大哥一樣，具備一些特異能力，只是，他心術不正，打算利用這些力量圖謀私利。而今，他會找上成大哥，是因為他很清楚，成大哥將會是他實現野心的最大威脅，能吸收你，自是如虎添翼，否則，勢必得想辦法除掉。成大哥，你當然不可能跟他同流合汙，但也千萬別妄自菲薄，你是記者，是社會正義的捍衛者，定要冷靜下來，先學呂竟軒去了解開發這些新能力，然後，再運用這些新能力，去阻止、打敗他……還有，成大哥，只要你不嫌棄，今後能用得上我的地方，請儘管吩咐，我一定隨傳隨到！」

怡宣一副正義凜然的表情，讓成庭看得頗為驚訝。在今天以前，包括在靈魂重新歸位之前，他記憶裡的怡宣，總是那麼地溫順體貼，從未鏗鏘有力地展現過堅毅剛強的一面。如今，是不是先前重壓在他肩上的負擔，已部分轉移至怡宣身上，才讓她嚷出如此激昂的救世言詞？如果真是這樣，那他的罪過可大了，得趕緊踩煞車。

怡宣看成庭沉默不語，表情也怪異難解，完全不符期待，於是嬌嗔道：「成大哥，怎麼啦？是不是我說錯什麼話了？」

「妳看，都怪我，盡說些有的沒的，害妳連第一盤美食都沒吃完。對了，他們的黑鮪魚，超鮮甜的，我這就去幫妳拿一點。」成庭希望就此打住，他可能再次傷害怡宣的自私行為，儘管他不知道，現在喊停，還來不來得及。

成庭才起身準備離座，怡宣隨即堅定地拉住他的手肘：「成大哥，你不能再逃避。我所認識的成庭，一直都是位勇往直前的好記者，在我念政大時是，現在是，將來一定也是！成大哥，你一定要挺住！」

突然，怡宣眼神一閃：「我知道了，你怕拖累我。」

怡宣猛地揚眉，還抬高下巴：「成大哥，你這事我管定了，要是你不讓我管，那我自個兒找呂竟軒去！」

成庭怔怔地望著表情堅決的怡宣，心情紊亂錯雜到極點，直到有個聲音在心底告訴他：「事已至此，就算不為自己，也要為怡宣。你已經失去麗伶跟小賢，不能再失去怡宣，在現下這個猙獰又陌生的世界裡，她是唯一需要你守護的人，是你人生希望所繫，沒有她，你將一無所有，萬劫不復！」

成庭終於打定主意，心境也豁然開朗：「傻丫頭，妳想太多了，我現在就去幫我們多拿點黑鮪魚，無論如何，打仗前，一定要先填飽肚子！」

❖

在承諾只要呂竟軒一有動作，便會立刻通知之後，怡宣才同意成庭送她回家。

到了家門口臨下車前，怡宣大方邀請成庭上樓喝茶坐坐，成庭一時語塞——九年後，自己和怡宣情慾失控的回憶，馬上被猛然勾起，教他不知所措……

「謝謝妳的好意。不過今天，妳已經被我疲勞轟炸了整個下午，應該早點休息，而我，也該趕緊回家，好好想想接下來要如何應戰才對。」成庭覺得，和怡宣的戀情進展得有點太快，令他飄然不踏實，會婉拒怡宣，除了不願意在這個不真實又詭異的世界裡，讓他跟怡宣的情緣，也變得虛幻之外，更希望能慢慢地、實實在在地經營好這段多舛的感情。

怡宣低眉悵然了兩秒，隨即掬起迷人微笑：「也好，那明天見嘍。」

但就在目送怡宣打開公寓鐵門進入樓梯間的剎那，成庭不禁開始懊悔——為何要假清高？明明現在的我，非常需要怡宣……

❖

好不容易找到車位，剛停好車，成庭便驚詫瞥見，午夜曾出現說他是成庭護解師的清瘦青年，正悠悠從車前長巷緩緩走來。

一時之間，成庭不曉得該以怎樣的態度，來面對眼前這位看似帶著善意的清瘦青年，只得無奈地坐在車內。他還忍不住暗揣，希望清瘦青年只是碰巧路過，因為今天實在累壞了，已經沒氣力再去跟任何人周旋打交道，不幸的是，清瘦青年的憂鬱眼神一直盯著他，顯然，清瘦青年是衝著他而來。

待清瘦青年走到車旁，牽起淺淺略帶憂戚的微笑，再以弓起的指背輕敲車窗後，成庭這才心不甘情不願地降下車窗，隨即聽到：「你準備好了嗎？」

「我現在沒力氣回答這個問題。」

「你很疲憊？」

「我很想趕快回家睡覺。」

「那好。」

忽然，成庭的手腳像有意識般，竟自行強拖倦怠的身軀，打開車門，走出車外。

「你到底是誰？你這是在對我施展魔法嗎？要不然，我的手腳怎會隨你操控？」

「很好，好奇，是成就非凡的第一步，現在，我就帶你去認識『始力』。」

清瘦青年頭也不回地自顧自往路口走，而成庭心裡雖百般不願，但他的腳，卻又再次作主地跟著對方走，這種感覺很奇怪，好似在騎一匹不聽指揮的馬。

雖然成庭像被人縛住牽著走，他仍不忘仔細觀察清瘦青年的臀部——沒長尾巴，難道他也是魂歸者？還是……

❖

清瘦青年領著成庭來到車水馬龍的路口，然後自我介紹：「我姓夏名青，朋友都叫我阿青。」

「你看。」阿青邊輕嚷，邊指著一名剛從便利商店出來的漂亮女生，在她臀部上，長了一大叢金黃蓬鬆的松鼠尾巴。

突然，漂亮女生像體操選手般，拎著購物袋，連續單手側翻了好幾個跟頭，教一旁的路人都看傻了眼，而漂亮女生也在表演完之後，愣在原地，東張西望。

「其實，每個人身上，皆藏有許多未被開發的潛能，而這些潛能，就是我剛剛說的『始力』。然而，絕大多數人終其一生，都未能發掘它們，真是浪費可惜了。現下你定在想，何以如此？那是因為一般人，都沒有打開『始力』這座寶庫的鑰匙，但今天，你已經有了這把鑰匙。」

「是嗎？我倒覺得，我現在只有應付不完的麻煩。」

阿青不理會成庭含沙射影的抱怨，繼續說道：「每個人的手、腳、臟器與感官，看似皆由心智總管，但實際上，它們各自存有始力，你只須各別掌控，激發潛能，即可施展出難以想像的力量來。像剛剛那名女子，便從不知自己有肢體天分，方才的表現，只不過是始力偷溜出來牛刀小試一下身手而已。」

阿青的說法，終於誘出成庭的記者本能，他不禁攤開雙臂問道：「好，你說，我已有開啟始力寶庫的鑰匙，那請告訴我，鑰匙在哪？」

阿青指了指自己的眼睛：「在這裡。」

「眼睛？」

阿青接著喃喃道：「能看見人尾的眼睛，具魂魄之心，而一般人臀部上的尾巴，皆為魂魄之靈，是始力的總管。現在，你擁有了魂魄之心，除能啟動自身的始力之外，也可藉由凝視他人的魂魄之靈，如以眼為鑰般，透過尾巴這個鎖孔打開寶庫。接下來，我會開始訓練強化你的意念操控，這是學習始力運用最基礎、最關鍵的一步。」

「我很難相信你的鬼話。」

「你曾用心看待過這些尾巴嗎？沒有，怯懦令你畏視尾巴，你已蹉跎許多時間，也浪費了不少原本可以讓你和別人都活得更好的機會。」

阿青的訓斥，終於點燃成庭的怒火：「別跟我講那些冠冕堂皇的話！若你是我，經歷了這麼多荒唐詭奇，又教人心碎的事，現在絕沒氣力，再去想什麼讓誰活得更好的鬼機會！連躲起來舔傷的時間都沒有了，哪還管得了那麼多！」

「你怎知我沒經歷過荒唐詭奇，又教人心碎的事？」阿青正色望向成庭的神情，竟隱隱觸動了某些塵封在成庭心底的模糊記憶，為何會這樣？成庭一時茫然得理不出半點頭緒來。

「算了，家家都有本難唸的經，只不過，我真的累了，你就行行好，今天放我一馬吧，有什麼事，明天再說。」沒等阿青回應，成庭轉身便要離開，結果下一秒，他就動彈不得了。

「好，今夜咱們就甭再提尾巴，不過，因為你現在夠累，腦袋也還算清楚，正是訓練你開拓始力的絕佳時機，所以，請你再撐一下，準備開始上課啦！」成庭就這樣，一邊聽阿青在身後喃喃自語，一邊無奈放任自己的腳自顧自地倒著走。

直至走到附近國小的操場，成庭不情願地重新站定在阿青面前，他才得以怒目瞪視、雙拳緊握的模樣，來大表內心的憤怒。成庭當然知道眼前的怪人，已完全支配自己的手腳，不管多想揍他、踹他都不可能，現下除了讓自個兒像個發怒的傀儡之外，別無他法。

「平時，始力會因心智的絕對操控而壓抑沉潛，唯有在心智渙散又未至停擺時，才有機會冒出頭。是故，像你初練始力，對始力感應陌生，找你疲累但意識尚清之際訓練，效果最好，絕對比你休息過後精神飽滿時再來練，事半功倍許多。」阿青根本不把成庭的憤怒當回事，逕自上起課來。

「首先，你得試著感受心的躍動。」

成庭將自己對第一堂課的排拒，直接表現在冷漠與無動於衷上。

不過，成庭防衛式的不合作態度，並沒能遏阻一種真空失聲的空無感，好似個隱形氣膜悄悄包裹住他，漸漸地，路上車來人往的聲音，他幾乎快聽不見，宛若有人擅自將周遭環境的音量調小，等音量小到像紙張磨擦的窸窣聲時，反倒「咚、咚、咚……」的心跳聲，突像被人裝上超重低音喇叭般，一下子宏亮如鐘，震耳欲聾。

「現在，你只須想像，洶湧的豔紅血河，正經由血管，源源不絕地湍流進你的右手掌裡。」阿青的話言猶在耳，成庭即恍見一條血色洪流正迎面襲來，驀地，「喀吱」一聲，他循聲下望，打開手掌，竟發現一顆不知何時跑進他右手裡的墨灰圓石，已裂解成碎塊。

成庭驚詫莫名地抬頭瞥望阿青，等深吸口氣後才顫聲喝道：「你剛剛做了什麼？」

「我什麼都沒做，倒是你已成功跨出開拓始力的精采第一步。」阿青冷冷地稱許成庭。

❖

就這樣在半推半就、不甘不願的情況下，成庭慢慢感受著手、腳、眼、耳、鼻，甚至皮膚，在始力初步發揮下的那個全然不同的自己——跑百米僅需十秒，像貓能在濁黑中清楚識物，遠遠聽到公園情侶的耳邊呢喃，嗅到疾駛而過紅奧迪車裡的女駕駛髮香，以及察覺到空氣因流浪狗吠叫所產生的細微波動。

「操控始力的入門功，你已大致抓到訣竅，只要多加練習，再融會貫通，相信不久後，你就能隨心支配自己的始力。」阿青在輕拍一下成庭的肩膀後，即轉身離去。

「謝謝。」雖是強迫學習，但成庭覺得畢竟收穫頗豐，該道聲謝才是。

阿青頓時停下腳步，冉冉回頭：「方才教的，只夠你逃命防身。你要知道，對方同樣也有位護解師在做急訓，奉勸你要再加把勁學習，否則，單憑對方旺盛的企圖心，你便已輸掉大半。」

成庭一聽便急問：「你所謂的對方，是指呂竟軒嗎？」

「正是。」

呂竟軒也有個護解師？的確，他急欲牟利的野心，絕對會讓他進步神速，自己真得奮起直追，不然以後，就只有挨打的份，成庭不由心想。

然而，就在阿青準備重蹈瀟灑步履離開之際，成庭忍不住再丟出疑惑：「請問，你到底是人？還是鬼？」

「我究竟是人？是鬼？或是其他什麼？這要在你為所當為之後，才會明白。」阿青頭也不回地繼續前行：「接下來三夜，我會教你高階始力，以利雙方叫陣時，你有能耐與資格做出正確的決定。」

成庭聽完阿青的話，不禁納悶——什麼叫正確的決定？難道阿青認為我跟呂竟軒敵對，是不正確的？

成庭回神想進一步問個清楚，卻已不見阿青蹤影。他愣愣望著校園圍牆外漸現疲態的車流，一種像阿青即屬黑夜，離開只不過是重返黑夜之家休憩的感覺，緩緩同化加強了他的疲憊感，彷彿自己下一刻，便要化成黑水直滲地裡，他知道再不回家，恐怕很快就會累昏倒地。

❖

西元一九九六年三月一日　台北市

隔天，成庭跑完新聞才進辦公室，怡宣便掬著燦爛的笑靨，遞給他一只塞了一疊A4列印紙的透明文件夾。

成庭隨意翻翻，發現裡面，全是呂竟軒的個人資料與他經手過的案件。

怡宣一字一字以刻意的嘴形細嚷道：「知己知彼，百戰百勝。」

成庭感動回應：「找這麼多資料，一定累壞妳了。」

「嗯，不會啦。」怡宣不禁雙頰緋紅地低下頭來。

忙完工作，怡宣提議到報社附近餐廳用餐，順便檢視資料，看能不能從中找出呂竟軒的弱點，才好進一步擬定對策。

餐後，怡宣先從文件夾抽出一頁紙輕聲唸：「呂竟軒，身高一八二，體重七十一，一九六九年六月十二日生，東吳法律系畢業……」

「等等，他竟然跟我同年同月同日生！」成庭身子陡地前傾，雙眼緊盯怡宣手中資料。

「成大哥，經我調查，發現你們之間的巧合，除了同年同月同日生之外，還有，他也是幼年失怙。」

「幾歲？」

「跟你一樣，六歲。」

六歲？此刻，成庭才驚覺，自己不也是在未來小賢六歲時，出車禍離世的嗎？都是六歲！此乃純屬巧合，還是別具意義？

「還有一件事值得一提，你看。」怡宣又從文件夾抽出一頁紙：「我在報社資料庫裡，發現呂竟軒這個名字見過報。」

那是一則地方新聞，原來呂竟軒曾在國二時，奮勇救起一名溺水少年。但這名溺水少年的名字，帶給成庭的震驚，同樣不亞於剛剛才知道的有關呂竟軒的種種巧合。

「吳勍仁，吳勍仁……」成庭喃喃唸著這個他再也熟悉不過的名字，名字的主人，奪走了他的最愛，他永遠忘不了名字的主人那雙冷酷深沉的眼睛。

在成庭專三生日那天傍晚，他的初戀情人思琪，提著一個八吋草莓香草冰淇淋蛋糕，匆匆走在人行道上。連著三聲槍響，猛然驚醒正在心裡盤算新菜食材是否齊備的思琪，她本能地蹲下身，接著，身子微顫的她又聽到幾聲槍響，忽然，她隱隱聽見子彈咻的一聲，眉心驟感痲痛，隨手一摸，驚見大片鮮血染紅手掌，失焦模糊的視界，也很快被響著濃重喘息聲的漆黑掩上，她不甘地以僅存的氣力想張開嘴，並不停在心底吶喊：「庭，救我……庭，救我……」

「庭，救我……庭，救我……」思琪的呼救聲，彷彿突破了時空隔閡，在此刻成庭耳畔聲聲催促著，兩行清淚就這麼在他臉頰汨汨流下，怡宣見狀，不禁關心急問：「成大哥，你怎麼了？」

然而，這個時候的成庭，根本一點都聽不到怡宣關懷的聲音，回憶已霸佔了他所有的感官，且逕自在腦海裡，播放著他這輩子第一次氣到揍人的經過——那天，警察押著也因槍傷在同家醫院治療的吳勍仁，一起來到加護病房門口，警察先向思琪父母和成庭解釋道：「因為他持槍搶劫，又開槍拒捕，害我們不得不還擊，結果，不曉得是誰的流彈不長眼，不幸打傷令嬡，真的萬分抱歉！至於後續的醫療與賠償，我們警方一定會負責到底，請你們放心。」

三名員警在說明完槍戰原因後，隨即鞠躬致歉，但吳勍仁卻像事不關己，連眼都沒眨一下，持續以冷酷深沉的眼神，望著加護病房的鐵門。成庭氣不過，便衝上前狠狠在吳勍仁臉頰揍下一拳，員警見狀，立刻上前架開成庭，並直嚷：「別這樣，別這樣。」然而，吳勍仁在舔了一下嘴角滲血後，仍以不變的眼神和瘀青的臉，繼續瞅著病房門，好似他與病房裡某個人的內心對話，絕不會因任何外力而停止似的。

「成大哥，你還好嗎？」成庭終於聽到怡宣的呼喚。

「啊？」成庭驚覺自己失態了，連忙以手背揩去淚水苦笑：「沒，沒事。」

「成大哥，什麼事讓你這麼傷心？」怡宣關心的眼神，似乎能從成庭的眼睛直望進他心底。

「如果這件傷心事，跟呂竟軒有關，那可不可以麻煩你告訴我一下？因為我們需要各種線索，才能精準描繪呂竟軒這個人。」

怡宣的眼神變得殷切。

沉默半晌，成庭才喃喃道：「呂竟軒國二救的那名溺水少年，在七年前的一場警匪槍戰中，意外奪走了我初戀女友的性命。」

怡宣杏眼睜得老大，一道複雜震驚的神色於眼底輕拂而過：「對不起，硬要你講這麼傷心的事，不過，怎麼會這麼巧？」

「我覺得，我跟呂竟軒的命運，可能從出生開始，就已經連結在一塊兒了。」成庭嚴肅地淡淡說道。

❖

傍晚，成庭在住家附近繞了幾圈，才好不容易找到車位，車剛停妥，阿青又陡然出現。

成庭走出車外，鎖上車門，立刻轉身就劈頭問阿青：「你到底想幹麼？呂竟軒跟我之間，到底有什麼關係？」

「時機未到，無可奉告。」阿青冷冷地聳肩。

「王八蛋！什麼叫時機未到？難道你非等我瘋了，才願意告訴我？還有，你昨晚提的正確的決定，又是什麼？你現在就給我講清楚！」成庭氣極敗壞地揪住阿青衣領高聲吼嚷。

突然，成庭的手不聽話地鬆了，腳也像失去氣力跪了下來，頃刻間，阿青已如巍峨蒼山聳立在他眼前。

成庭抬頭瞥望了一眼阿青英凜的表情之後，積蓄在體內的壓力與哀怨，即隨著他的憤恨，變得更加沉重難耐，於是，他索性拱背縮身，讓自己看起來就像尊頑固喪氣的石像，逃避地不想再面對這些會逼人瘋癲的事。

「你現在只須知道，你跟呂竟軒之間，不該敵對，你倆皆各自有該負的使命。」一道不捨的神情，忽於阿青眼底一閃即逝。

「呂竟軒這傢伙，不但害死我的初戀女友，現在還找上門威脅要終結掉我！你說，跟這樣的人，能有怎樣的好關係？幹的盡是些壞勾當，我不願跟他同流合汙！」成庭難以接受阿青的提議，立刻怒斥反駁。

「思琪的死，不能怪呂竟軒。」阿青欲言又止地接著說道：「事實上，許多事情的真相，都不是你表面上看到的那樣。」

「你怎會知道我初戀女友的名字？還有，真相到底是什麼？快告訴我！」成庭身雖癱，依舊像困獸般抬頭嘶吼，伺機反撲。

阿青不捨地解除了對成庭的始力控制，並彎下腰伸出和解的手：「我說過，真相你得自個兒去探究。」

不到三秒，阿青非但沒握到善意的手，反因成庭手腳恢復了氣力，一記欲痛擊他左臉頰的拳影，即倏地飛起，不過，就在重拳飛抵標的之前，阿青竟像武俠小說裡會移形換影的武林高手，瞬間移位至成庭後方，教成庭頓時因揮拳落空而失衡跌地。

「難道經過昨夜的訓練，你還不明白，無論你想做什麼，都難逃我的法眼？」阿青語調又變回冰冷：「你與其虛擲氣力忿恨我，倒不如努力學會我教的本領，然後再利用它們，去做些有意義的事。」

「小心！」阿青突然口出警語，令剛起身站好的成庭，一時不明所以。

不過，成庭很快就循著阿青目光，轉身看清楚他該小心什麼。

三隻從巷口冒出的惡犬——兩隻一黑一白的台灣土狗，和一隻淺褐色的拉不拉多犬，牠們正目露凶光、齜牙咆哮地直朝成庭他們衝來。

成庭從小怕狗，本能想逃，但又想到聽人說，遇狗追就跑，狗以為你怕牠，便會死追不放，只有作勢回擊，才能收嚇阻之效，但是，一次三隻，應該不符此一說法吧。於是，成庭還是決定快閃，且義氣地對站在一旁，應該也嚇得不知所措的阿青吼道：「你還杵在那幹麼，快溜啊！」

沒想到，阿青卻回給成庭一個狡黠的微笑。

接著，成庭就瞠目結舌望著阿青，他不但不當回事地跨步迎向狗群，還在嘴裡叨唸：「切記，獸類同樣也有始力，往後，你或許會遭遇一群，始力已被操控欲奪你性命的猛獸……」

黑狗陡地躍起直撲阿青。

「昨夜，我教你如何運用自身始力；現在，我再教你釋除獸類始力操控的方法，也就是『斷式』。」阿青一邊喃喃解說，一邊以靈敏俐落身手，在黑狗跳離地面距他約莫三十公分時，迅即以右手中指，彷彿隔空點穴般直指黑狗兩眼中心，緊接著下一秒，黑狗就像失速飛機摔落地面，然後趴地直發出「嗯……嗯……」的求饒聲。

另兩隻狗見狀，立刻煞住腳步，雖然凶狠模樣仍舊嚇人，但已聰明識相地將咆哮對象轉為成庭。

成庭儘管一開始畏怯地愣在原地，然在好奇心的驅使下，他馬上也乘機學習起阿青所示範的「斷式」。

「由於獸類的魂魄之靈，因尾巴退化成器官，而轉移至雙眼間的魂魄聖境，所以，想要解除獸類的始力操控，就得先經其雙眼觸發連結，再以『始之指』，近距離隔空像傳送電波那樣，傳遞指令至魂魄聖境，如此一來，整個斷式才算大功告成。不過，斷式的起頭，跟運轉自身始力一樣，皆須從感受心的力量開始。接下來，請你先想像體內有一股洶湧的殷紅血流，正直搗你右手中指末梢……」阿青話還沒說完，白狗突從地面躍起，成庭馬上照阿青所言，在聽到自己心跳聲後，揣想一道沖潰堤壩的血色洪湍，恍如千軍萬馬般，瞬間披靡湧至他的右手中指指尖。

「好，趁現下，以你主宰天地的魂魄之眼，瞪視牠的迷失之眼，彷彿射出魂魄之箭，穿入其空洞的雙眼當中引動連結，接著你再用滿載始力的『始之指』，直搗雙眼間的魂魄聖境下達命令，獸類的始力操控，至此即可立刻解除！」阿青像在高誦武功祕笈口訣一樣，朗朗吼著，成庭則依序做出動作。

然而，成庭的動作生澀，非但沒能在三十公分內，隔空指到白狗兩眼間的魂魄聖境，還因右手伸得老長，直接被利爪狠狠劃出三道血痕。

然後，白狗在被成庭側身僥倖躲過之後，仍鍥而不捨，轉身再攻；而多慮的拉不拉多犬，似乎看出成庭身手不及阿青也躍起撲襲。

成庭見狀，便迅速再側身後退，兩隻惡犬在他面前，宛若交甩的布匹錯身而過，落地後，旋即再調頭齊撲。

驀地，此刻緊張又恐懼的成庭，不僅聽到自己心跳聲咚咚直響，甚至連他大得像有人在耳邊哮喘的喘息聲，也開始清晰可聞。接著，心跳聲跟喘息聲，都漸漸變得好慢好慢，他眼裡兩隻惡犬的飛撲速度，也變得好慢好慢，就像在播放慢動作影片一樣。就在這個時候，他終於有時間瞪視白狗的空洞雙眼，再以從容不迫的「始之指」，直指其魂魄聖境。

儘管此刻，成庭已成功指中白狗的魂魄聖境，但拉不拉多犬卻以壯碩的身軀將他撲倒。

成庭在臀部著地後，即奮力以腳尖抵地，猛將身子頂退，以致速送前身欲啃咬他右大腿的拉不拉多犬，大口落空。緊接著，他乘拉不拉多犬再次撲襲之際，快提左膝抵實其胸，再硬生生頂高，令拉不拉多犬怎麼也咬不到人，惱得牠雙眼暴瞪、怒吼咆哮，口水更是四濺不休。

在此情況下，成庭立刻把握住機會，先瞪視拉不拉多犬的空洞雙眼，再以「始之指」近距離朝其魂魄聖境指去，下一秒，拉不拉多犬終於也變得跟先前兩隻惡犬一樣，馬上癱地直發出

「嗯……嗯……」的求饒聲。

「啪！啪！啪！」阿青以突兀的掌聲，大力肯定成庭的表現，且略帶激動地讚道：「很好，很好，學得非常快！」

「看來，你操控始力的天賦，並不遜於呂竟軒。」阿青說話的語調，又變得冰冷。

「這三隻狗，應該沒受傷吧？」雖然這三隻狗兒，先前的猙獰模樣挺嚇人的，仍教成庭驚悸猶存，但此刻牠們討饒的無辜樣，更令人同情。

「甭擔心，牠們好得很。」

阿青隨手一揮，三隻狗兒就像執行馴獸師的指令般，馬上爬起鳥獸散，阿青接著再淡淡補充道：「牠們之前因始力被掏用，導致耗費了相當多的內力，一旦始力操控被解除，內力頓現空缺，才一時不支癱軟趴地，待休息片刻，內力回補，便立刻會生龍活虎像沒事一樣。」

「等等，牠們是你找來的，對不對？」成庭這時才有時間思考——既然是始力操控，那操控這三隻狗兒始力的人是誰？阿青嫌疑，當然最大。

阿青淺淺一笑：「練功沒教具怎行？」

❖

午夜時分，阿青默默帶著成庭來到公園，一名穿著白襯衫、灰黑西裝褲的斯文年輕人，正醉倒在長椅上，他發出規則輕緩的鼾聲，而滿地的啤酒罐，說明了他的心情正糟到極點。

阿青就在離年輕人約十步之遙處，娓娓向成庭解說如何對人使用斷式：「一開始緊盯住對方的尾巴，想像他的尾巴就快要裂解離散，緊接著，再專注意志高嚷一聲『斷』，這就是斷二式，比獸類的斷一式，簡單許多。」

阿青說完話便退至一旁，然後，比向前手勢要成庭靠近年輕人。

陡地，成庭朝年輕人才跨進一步，年輕人原本癱軟在地的橘紅獅子尾巴便開始輕晃，接著，在成庭第二步踏出後，年輕人竟猛然站起，還慢慢張開惺忪雙眼，然後，雙眼不但快速有神，瞳仁也急遽縮小，教成庭見狀不覺後退，下一刻，年輕人不但將獅子尾巴高舉，四肢肌肉繃緊，臉部表情更是變得凶惡，恍如一隻隨時會撲向獵物的醒獅。

成庭驚瞥年輕人的可怕模樣，本想轉身就逃，但看到阿青依然要他向前的手勢，最後還是鼓起勇氣，緩緩地再跨上小小一步，孰料，被阿青控制始力的年輕人，就在此時撲襲而來。

成庭側身閃過攻擊後，就轉頭緊盯年輕人的獅子尾巴，想像它一下子裂解成無數獸毛，猶如蒲公英種子隨風飄散一樣，接著，他再集中意志大聲喊「斷」。但不知是哪個步驟不對，年輕人非但沒停止動作，反而俐落迴身撲倒成庭，青筋條條浮起的秀氣手臂，就這麼使勁勒住成庭脖子。

阿青在旁大喊：「你必須真正相信，自個兒的雙眼，絕對可以透過獅尾，來終止始力的操控，否則，你的指令，將完全失效！」

成庭一聽到阿青遲來的解說，即在心底怒揣——氣都快沒了，阿青竟見死不救，還在那喊什麼相不相信！這麼重要的話，怎麼拖到現在才說？不過，成庭當下，也沒力氣和時間去管阿青，都快沒命了，不相信自己，還能相信誰？

於是，成庭狠狠重新盯住，那高高立在年輕人頭頂上方，像在嘲笑般搖晃的獅子尾巴，他相信，這該死的尾巴，將被他的眼化成沙，就像被蛇髮女妖梅杜莎盯上的人，都會化成石頭一樣，接著，他再卯足渾身氣力，猛嚷一聲「斷」，這下，他甚至在心底告訴自己，憑他最後喊出的霸氣吼聲，既驚天地，又泣鬼神，絕對可以讓應聲變成沙的尾巴，再進一步消散不見。

沒想到，依然沒用，年輕人的手愈握愈緊，成庭一口氣上不來，眼前慢慢變黑，他不禁心想，難道我在這個世界的旅程，就要這樣結束了？然後，一連串重生後與人互動的各種畫面，就像跑馬燈般快速閃現，直至他看見怡宣對他百分百信任的眼神，方才幡然警醒，無窮力量猛然在眼底翻騰，緊接著，他雙眼大睜再看緊尾巴，並以決絕的語氣怒吼：「斷！」

驀地，年輕人的手鬆了，然後，他整個人就像斷了線的大傀儡，沉甸甸地趴壓在咳嗽不止，且一直搓揉自己脖子的成庭身上，輕緩鼾聲隨即再度響起。

終於，成庭在鬼門關前，透過怡宣的堅定雙眸，做到了相信自己，也學會了斷二式，他對阿青掃了掃白眼，阿青則故作無辜狀聳肩道：「教斷式就這麼回事，藥得下得猛，成效才會顯著。」

成庭在揹年輕人回原位，讓他繼續作春秋大夢之後，即恭謹地像在謝別師父一樣，對年輕人敬上九十度的鞠躬禮，也像在對先前的叨擾，致上最誠摯的歉意，並在心底祝福他——無論遇到什麼事，都希望你能雨過天青，度過難關。

驚心動魄的一夜，總算就此平靜畫下句點。

夥伴

西元一九九六年三月三日　台北市

經連幾天的特訓，成庭對自身始力與斷式的運用，已漸趨自如。在這幾個夜晚，成庭一再試圖刺探有關呂竟軒的情資，但總被阿青冷語閃避，直至最後一夜，阿青才像發表結業致詞道：「希望將來，你和呂竟軒，能始終保持既競爭又合作的關係，這樣，對你們最好。」

「另外，你一定納悶，我為何遲遲不教你操控他人始力的功法？這是因為時機未到，強摘的果實不甜的緣故。由於你對尾巴誠意不足，不願敞開心胸去了解認識它們，再加上始力運用的磨練也還不夠，在這樣的情況下，若貿然利用『陌生』的尾巴去操控他人，不但會害人害己，所造成的傷害更是難以彌補。不過，你也無須擔憂，以為不能操控人，勝算就會低，因為，你會斷式，想藉操控他人的始力來傷害你，幾乎是不可能的事。再加上，像你們這樣的人，是無法操控彼此始力的，所以，你根本毋庸害怕會被人操控，只要你熟稔了始力，接受了尾巴，也了解了尾巴，自會摸索出操控他人始力的功法。」

❖

夜間成庭忙著學始力，白天則除了跑新聞寫稿之外，還持續跟怡宣一起探究呂竟軒。然而，他們愈研究呂竟軒，便愈覺得這個人，是善是惡很難論斷，尤其他們從呂竟軒承接過的案件中發現，他不只幫大老闆、有錢人辯護，也義務幫窮人，甚至平反冤案，要不是因為今天，成庭跟他之間有牽扯不清的利害糾結，老實說，他們倒都不否認，呂竟軒算是名好律師。

「如果說，呂竟軒是因靈魂穿越時空而性情大變，一下子從熱心服務的律師，搖身變成利欲薰心的野心異能者，那成大哥為何沒變？難道時候未到？還是有更關鍵的因素我們尚未察覺？」怡宣覺得呂竟軒的個性，轉變得很沒道理。

成庭原本不想讓怡宣知道阿青，因為他總覺得阿青是不祥的，怕怡宣一旦知道會要求見面。但此刻，成庭已有不同的想法——不管阿青的真正身分是什麼，阿青希望他跟呂竟軒之間，最好是競爭又合作的關係，應是中肯的建議，否則，跟呂竟軒捉對廝殺，絕對是兩敗俱傷。更何況，他若真跟呂竟軒合作，一來可弄清呂竟軒葫蘆裡在賣什麼藥；二來呂竟軒本性不壞，或能拉其一把重回正途；三來也可藉機尋找，他跟呂竟軒之間的人生牽扯，到底真相在哪。

於是，成庭把從遇到阿青開始，再經學始力、斷式之後，阿青還建議他，應與呂竟軒合作的整個過程，略述一遍，教怡宣聽得驚呼連連，最後，他才把想藉由跟呂竟軒合作的機會，來慢慢找出人生真相的企圖懇切地告訴怡宣。

❖

「怎麼辦？」怡宣在愈了解對手後，原先的定見即愈動搖，如今，又有阿青的推波助瀾，加上成庭對真相的渴望，教怡宣更無從反對成庭打算跟呂竟軒合作的想法。

「就當我去做臥底好了。」成庭為他將做的事，找了個簡賅且較易理解的說法。

「不管成大哥跟呂竟軒的關係，是夥伴或敵人，其實，兩者的危險，是一樣大的。」怡宣不禁蹙眉道。

「不過，愈了解對方，勝算就愈大呀。」成庭似乎已決定了下一步。

「既然如此，成大哥，我……」怡宣話說一半，便被成庭插嘴阻止：「不，怡宣，我知道妳要說什麼。怡宣，妳不能要求加入我們，與虎共舞，我自己來就夠了，妳若想幫我，就當我的後盾吧，儘量支援我，這樣，我已萬分感激。」

怡宣在愣望成庭一眼後，低眉沉思半晌，接著才嚅囁道：「嗯，看來，也只能這樣了。不過，成大哥，你一定要答應我，每天都會讓我知道你平安無恙，不然，我可是會親自去找呂竟軒要人的喔。」

成庭深情地凝望怡宣雙眸裡的閃爍淚光，不禁不捨地伸手輕觸她柔嫩的白皙臉龐：「放心，我不會有事的。」

怡宣順應地斜傾臉頰貼上成庭手心，再提起手輕覆成庭手背，一股柔情，即驀地從手背化作暖流，一路湧進成庭激動的心房裡，同時還帶來怡宣堅定的期許：「嗯，成大哥，我相信你！」

❖

西元一九九六年三月四日　台北市

「兩位，介意我當電燈泡嗎？」正當成庭跟怡宣在咖啡廳裡假設各種狀況，討論該如何搭配支援的時候，一道成庭聽來，有三分熟稔七分陌生的聲音，忽從後背揚起。

成庭猛回頭，額角沁出幾滴冷汗：「呂竟軒！」

呂竟軒動作帥氣地逕從鄰桌轉了張空椅過來坐下，一身名牌瀟灑自在：「成大記者，看你這麼緊張，難道忘了我們今天有約？」

成庭暗暗對怡宣使了個眼色，示意她趕緊離開。

怡宣當然明白成庭愛護的心意，再加上先前的共識：「抱歉，既然你們有要事商量，那我先告辭了。」

「等等。」呂竟軒會發聲阻止，頗教成庭跟怡宣意外。

站起身拎著包包的怡宣，尷尬愣立約三秒後，隨即武裝起自己：「有事嗎？」

「當然，可否麻煩妳先坐下……」

成庭很難相信呂竟軒會安什麼好心：「呂竟軒，有事儘管找我，別牽連無辜。」

「什麼跟什麼啊，要當我 PARTNER 的人，可不能這麼沉不住氣窮緊張喔。」呂竟軒揚眉斜睨成庭一眼。

「誰說要答應當你夥伴啦？你這目中無人的傢伙。」成庭驚覺，自己彷彿在賭局未開始前，即已被掀翻底牌，一種一面倒的實力懸殊感，教他疑駭莫名。

呂竟軒邊做手勢要怡宣坐下，邊柔聲道：「這位擁有鑲滿彩鑽般漂亮人魚尾巴的美麗姑娘，是不是就叫怡宣？」

呂竟軒接著閉眼深吸口氣：「嗯，我聞到了一股非常舒服特別的海洋氣味，就像徜徉在夏日島嶼的沙灘上，愜意地輕嗅飄散在涼爽海風裡的，那摻有淡淡檀香和鮮草香氣的溼潤晨露味道。」

怡宣聽完呂竟軒的話，即判斷對方應無惡意，索性落坐下來。

成庭看怡宣坐下，本想攔阻，但呂竟軒的氣燄實在太熾，竟莫名壓制了他的動作，這不由教他驚疑，難道呂竟軒已操控了自己和怡宣的始力？可是，阿青不是說，像他們這樣的人，是沒辦法操控彼此始力的嗎？

「成大記者，莫非你還沒預知到，怡宣對我們即將全力以赴的豐功偉業，具有多麼關鍵性的影響？」呂竟軒在微笑地瞥望怡宣一眼後，旋即以嚴肅的表情告誡成庭。

成庭不知道呂竟軒在說什麼，他只不祥地聯想到思琪的遭遇，立即沒好氣地回敬：「什麼豐功偉業！不管你想幹如何了不起的事，都不准傷害怡宣！」

怡宣看成庭這麼護衛自己，忍不住也激動起來：「別再賣關子了，你到底想怎樣？」

「很簡單，給我一樣妳的東西，只要跟妳身體有關的，都行。」呂竟軒的輕浮言詞和曖昧眼神，教成庭難以忍受，正想開口喝斥，他竟先一步轉頭對成庭嘻皮笑臉：「我的好 PARTNER，既然從今天起，我們的關係將變得親密，拿你心愛的女人，當人質，做保險，應不為過吧。況且，我只想掌握她的行蹤而已，你甭想太多。」

「你這是在威脅我嗎？」成庭覺得呂竟軒欺人太甚，原想跟他合作的念頭，就快要煙消雲散。

「這是交易。無論今天，你決定要做我 PARTNER 或敵人都好，怡宣的行蹤，我是要定了，因為，她現在，已是你的罩門死穴！像我們這種人，是不該有愛人的，這是在你即將成為我的 PARTNER 或敵人之前，我大方送給你的忠告。不過，好像已經來不及了，愛情就是這樣，纏上了，可是會要人命的。」呂竟軒仍然一副遊戲人間，不在乎別人感受的模樣。

怡宣聽了呂竟軒的話，卻頗有感觸——沒想到自己為愛義無反顧，反倒變成對方沉重的負擔。

而成庭也覺得自己太任性自私，不但愛得懦弱，還拖人下水，害怡宣從此身陷險境。

如今，成庭跟怡宣都已騎虎難下，再多自責都無濟於事，他們只剩選擇以何種態度與虎共舞的自由。

呂竟軒有意無意地望了憂戚低眉的怡宣一眼之後，便從黑灰 D'URBAN 西裝下的襯衫口袋，掏出一個小小的透明自黏袋，他伸長手將它在怡宣眼前輕輕晃了晃，好讓她能清楚瞥見裡頭有根捲曲數圈的細長頭髮。

「剛剛跟妳要東西，是在逗妳玩，可別真的生氣喔。不過，這根頭髮，可是今天早上，妳在便利商店門口不小心送給我的，還記得嗎？在此，先跟妳補個謝。」呂竟軒這下改在自個兒眼前再次晃了晃自黏袋。

怡宣此刻才猛然想起，早上在便利商店門口，曾被一名冒失路人撞了一下，當時她雖沒看清對方面容，仍依稀記得對方說「對不起」的音調及其匆匆背影，皆跟眼前呂竟軒的清亮聲音和瘦高體型頗為契合。

成庭看得一頭霧水，只能以探詢的目光殷盼怡宣解惑。

結果，呂竟軒又先一步搶話：「今天早上，我在路經便利商店門口的前一剎那，突然預知——即將從便利商店出來的女孩，對我的未來非常重要！於是，等怡宣一踏出店門，我便湊上前故意輕輕撞了她一下，好乘機摘根長髮。」

「什麼預知！這根本是你先下手為強，想早早弄清我們的底細所採取的卑劣下流手段而已！」成庭護花心切，開始反擊。

「我才不需要弄清你們的什麼底細呢！你們將來會做什麼，我早有預知，雖然這些預知，彼此之間沒什麼邏輯可言，甚至相互矛盾，但我會一路歸納推敲，比起你們查我祖宗十八代要有用多啦！」呂竟軒瞇起眼輕睨成庭。

成庭不甘示弱：「管你什麼預知，我就是不准你動怡宣的歪腦筋！」

「哈，好個愚蠢無知的傢伙。告訴你，我的預知能力很強，比起我其他的特異能力真的突出許多，而你跟我同類，我猜你應該也有一項特異能力超強，只是到現在，你都還沒察覺。然而，在預知裡，你的這份超強能力，對我似乎又非常重要，所以，我才會來找你當 PARTNER，成大記者，這下，你聽清楚了沒？」呂竟軒坦白得教成庭忘記氣憤，好奇心反接踵而起。

「好啦，今天玩夠了，要當我 PARTNER，明天就自個兒來找我。當然，我不會乖乖待在事務所或在家等你。」呂竟軒又對成庭擺出邪邪的笑容：「就憑本事，利用那只你跟咖啡廳小妹要到的咖啡杯來找我吧。」

呂竟軒在冷笑一聲後，即起身耍帥，再將空椅連轉兩圈回歸原位，接著，便頭也不回地逕自離開滿臉驚疑的成庭他們。

❖

西元一九九六年三月五日　台北市

隔天，成庭便提早到報社，跟主管請了一個月的長假，假單上填的事由是——身體異常，須長期接受檢查治療。

成庭真覺得自己「身體異常」——會看見人的尾巴、能預知未來、力氣大到可握碎石頭……

這些，他以「身體異常」來概括統稱，已算是輕描淡寫客氣了。至於「須長期接受檢查治療」，實在是因為，他覺得要去當呂竟軒不明事業的夥伴，彷彿是要鑽進一座無形的謎宮，在那裡面，關卡重重，玄機處處，危險與機遇共存，他得想盡辦法，努力闖關，來為發生在自己身上的怪事，一件件解開謎團，找出真相，就像檢查完身體後，要接著著手治療病因。

所以，成庭一點都不覺得，他填的請假事由，是在糊弄主管，而怡宣在簽填職務代理人時，也會心睨笑了他一眼。

怡宣原本要陪成庭一起找呂竟軒，但馬上被成庭婉拒。

成庭含情脈脈地說：「在昨天之前，我或許會以做我後援來當託辭，但看到昨天，呂竟軒對妳一副虎視眈眈的模樣，我不得不承認，如果不讓妳跟他保持適當距離，我不僅感到不安，更害怕會失去妳。」

聽成庭這麼說，怡宣也不好再堅持，倒是成庭話裡流露出的濃濃愛意，馬上讓她雙頰羞紅，耳根發燙地低下頭來。

❖

成庭一個人神情凜然地站在車水馬龍的報社門口，就像一名準備上戰場搏命的戰士，他先深吸口氣，再從背包取出那只呂竟軒用過的咖啡杯。

打開層層裹護的報紙，輕觸到咖啡杯，一連串的畫面，就像快速剪接的電影預告片，在成庭腦海裡倏忽閃過，待他再深吸口氣，閉起眼，並將咖啡杯握緊些，原本緊密串連一掃而過的畫面，這才像吃角子老虎機器上的圖案，慢慢停歇定格下來。

第一個畫面是，一棟高聳的辦公大樓，那是台北仁愛路上知名的辦公大樓。

接著，畫面跳到頂樓平台，一名慌張的男子正跪地求饒。

然後，畫面一百八十度轉至男子求饒對象，不意外，是呂竟軒。

突然，頂樓的兩人好像聽聞到什麼，紛紛轉頭。呂竟軒這時的眼神，帶著奇怪的笑意，慌張男子也未因有人出現而高聲呼救，反倒雙眼睜得老大，好似來人帶來的恐懼，要比呂竟軒大得多。

接下來，成庭出現在畫面裡，並用力喊出像罩了層玻璃的聲音：「住手！呂竟軒你在幹麼？」這是他第一次，不在鏡子、相片或錄影裡看見自己，感覺很詭異，彷彿那個人，只是長得很像自個兒的陌生人。

緊接著，呂竟軒露出邪邪的笑容，一看便知，他這是要準備操控始力害人。

最後，成庭疾衝向前，但已來不及阻止慌張男子從樓頂躍下。

❖

「這傢伙，瘋了嗎？」成庭在擦掉額頭冷汗，且恨罵一句後，即招手攔了輛計程車。

在車上，成庭驀地想到——今天不跑新聞，要全心應付呂竟軒，CALL機得先關掉，免得分心，或在緊要關頭誤事。

直抵標的大樓後，只見大廳人來人往，長著黃紫交雜長羽公雞尾的警衛，跟往常一樣站在一隅，他盡本分地以公雞慣有的警戒眼神，骨碌碌地掃描所有人。沒人知道這裡，即將發生看似自殺的謀殺案，這讓成庭內心的壓力變得好大，緊張和複雜的情緒攪得他心神難寧。

由於不知慘案何時發生，成庭只得儘速趕往頂樓現場，於是，分秒必爭的他強作鎮定，讓自己看起來，就像一般洽公的民眾，一路直視前方朝電梯方向邁進，在好不容易通過公雞尾警衛的檢視之後，一到電梯口，他正想放鬆大吐一口氣，電梯卻忽像早跟他約好似地「噹」的一聲打開。

成庭慌張地快步進入電梯，接著立刻轉身撳下最高樓層的數字鍵。

隨著數字鍵亮光的更迭，進進出出的民眾，始終沒人注意到，站在電梯右側最裡面的成庭，正因整顆心緊繃懸空過久，呼吸已窘迫不順，腦袋也昏昏沉沉。

最高樓層數字鍵終於亮起，電梯門敞開，成庭隨即迫不及待地先深吸口氣，再大步跨出電梯，然後，快快沿著逃生指引爬上一小段樓梯。

推開頂樓鐵門，繞過一座水塔，成庭這才一眼望見呂竟軒跟慌張男子。然而，眼前的場景，不管是光影、角度或構圖，甚至是呂竟軒他們的表情，全都跟他之前在預知畫面裡看到的一模一樣，這樣的視覺經驗，雖非首次，仍教他驚駭莫名。

「住手！呂竟軒你在幹麼？」成庭不知不覺地喊出預知畫面裡的對白。

接下來，呂竟軒好似照著成庭的預知劇本操演般，露出他邪邪的招牌笑容，擺出一副就要操控始力害人的模樣。

於是，成庭毫不猶豫地立即施展斷式救人，他邊望著慌張男子的銀灰老鼠尾巴，邊想像它如沙塵般隨風飄散，接著大喊「斷！」，沒想到，他的腦袋竟在此刻，像被人拿橡皮擦用力抹過，突然一切變得空無，眼前黑糊一片，只單單聽到心跳聲砰砰作響。驀地，他又覺得自己像羽毛輕飄起來，晃啊晃的，過好一陣子，意識慢慢恢復些許，然後，才漸有腳踏實地的感覺。

成庭一張開眼看到的，居然又是呂竟軒邪邪的笑容——呂竟軒正蹲著身，以一臉像在欣賞枝幹上努力破蛹而出的蝴蝶，那樣興味盎然的表情直瞅著他。

成庭努力撐起上半身，發現慌張男子已不在原地，便憤怒地伸長手，欲一把狠揪住呂竟軒領口，卻被對方靈敏地側身閃過，他氣極吼道：「人呢？你怎麼可以亂用始力殺人！」

陡地，呂竟軒逕自站起：「好夥伴，你要救的人，在那。」

循著呂竟軒手勢，成庭回頭即驚見，慌張男子正好端端地低頭跪坐在他右後方。

「發生什麼事了？怎麼跟預知畫面不一樣？」預知畫面從第一幕開始，都一一應驗了，為何只在結尾不一樣。

「好夥伴，你說出重點了，這也是為什麼今天，我要引你來這的原因。」呂竟軒在說完莫名其妙的話後，接著緩緩踱步到慌張男子面前：「滾！下次你若敢再欺負女人，看我如何整死你！」

然後，慌張男子便以頻頻回頭，連跑帶摔，像怕被惡犬追上的狼狽模樣逃離現場。

❖

「你不怕他報警抓你？」在和呂竟軒一同搭電梯下樓的途中，成庭為提升自己的論辯高度，索性本能地在一團謎霧面前，先拋出威嚇提問。

「他不敢。」呂竟軒一邊抬頭注視數字鍵，一邊不在乎地回答。

「你恐嚇他。」成庭覺得這是想當然耳的答案。

呂竟軒在轉頭望了成庭一眼後，又重新抬頭注視數字鍵喃喃道：「你自以為很了解我？嘖，剛剛那人渣，是我們律師事務所的客戶，雖然我不是他的委任律師，但知道他有罪。這人渣自恃小開有錢，利用我同事的滔滔巧辯，硬是讓檢方對他的性侵指控，因罪證不足而獲判無罪。但被他欺負的可憐女子，受不了二度傷害，於判決見報隔天，便在租賃公寓穿紅衣上吊自殺。」

「你說剛剛那個人，是趙冠英？」成庭不由心想，無論是在預知畫面，或現場看到的趙冠英，都是一副驚恐落魄的模樣，跟其原先翩翩小開的俊帥形象相比，相差十萬八千里，難怪他一點都沒認出。這則新聞當年轟動一時，對現在他這個身體而言，雖然只是半年前的事，但就這重新歸位的靈魂來說，可是長達近十年的舊聞。

「趙家財大氣粗，這下他們一定報警抓你。」之前趙冠英惹出的新聞不少，但每次都在趙家的強勢作為下化險為夷。

呂竟軒再露出邪邪的笑容，並從西裝口袋掏出一隻錄音筆：「他的醜事，全在裡頭。」

一樓也在這時，「噹」的一聲到了。

電梯門敞開，沒看到警察，也沒見到警衛杵在電梯門前，整個一樓大廳依舊熙來攘往。

成庭和呂竟軒一路不疾不徐地輕鬆走出商業大樓，然後，再沿著仁愛路的林蔭大道繼續他們先前的對話。

「你是不是一邊錄音，一邊逼他說出自白？」成庭很快就自以為是的臆測，之前呂竟軒對趙冠英做了什麼。

「我才沒逼他，我只不過利用一點點的始力與預知，請他自個兒認真地說出實話而已。」呂竟軒自顧自地向前大步走著。

「說到預知，我很納悶，在我的預知裡，趙冠英本該墜樓的，可是事實卻……」

呂竟軒聽到成庭終於問了該問的，即陡地停下腳步轉頭正視他：「記得昨天我跟你提過，像我們這類人，每個都應該會有一項超強的特異能力。就在剛剛，我終於知道，你的超強特異能力是什麼。」

「是什麼？我只記得剛才，我氣沖沖地想以斷式阻止你害人，卻沒來由眼前猛然一黑，等我醒來，除了發現自己躺在地上，趙冠英他居然……」成庭說起不到半小時前發生的事，依然一頭霧水。

「你那時就像把刀，瞬間便切斷我對趙冠英心的始力操控，我的眼睛，甚至還因此刺痛了一下。」呂竟軒的話讓成庭大吃一驚。

成庭儘管震驚於自己的斷式會有這般效果，但他更在意呂竟軒亂操控始力的玩火行為。

「你的護解師難道沒警告你，不能任意操控他人始力，否則，會害人又害己嗎？」成庭暗揣——阿青勸誡我，在尚未完備歷練前，別想去操控他人始力，相信呂竟軒的護解師，應該也說過相同的話，沒想到這傢伙，竟自大到完全不甩，不過，他會不會就是因為這樣才走火入魔，以致變成現在這副玩世不恭的瘋狂模樣？

「你相信護解師說的那些鬼話？」呂竟軒一臉不屑。

「阿青說，我們還沒有資格去操控他人。」讓呂竟軒知道阿青，應該沒啥大問題，況且，阿青也從未聲明，說不能讓別人知道他的存在，成庭心想。

「哦，你的護解師叫阿青，該不會也是個小鬼頭吧。」

「不，他年紀跟我們相仿，只是臉色比我們蒼白許多。」

「嘖，你那個還勉強算是個護解師，哪像我這個，小蘿蔔頭，還少年白咧，第一眼看到他，說是我的護解師，害我差點當場笑掉大牙。」

「難道你那個護解師沒告訴你，你還沒有資格去操控他人始力嗎？」成庭再次重申禁律。

「誰理他。在訓練期間，我除了將他教的全學會，還私下摸索如何操控他人始力，試了好久，終於抓到訣竅，接下來就容易許多。」

「小心不聽老人言，吃虧在眼前。」成庭並不覺得自己說的是風涼話，他想，雖然直到現在還弄不清楚，呂竟軒這個人到底是正是邪，但畢竟同為魂歸者，多少有點惺惺相惜的心情作祟，若能點醒他，自是好事，個人也算盡了道義責任。不過，儘管他不懷疑阿青的警語，但呂竟軒若真沒因偷練操控他人始力而走火入魔，他倒也替呂竟軒感到幸運就是。

「老人？你那個可不老，而我這個還是個小鬼，他們的話當參考就行，別太認真。」

「喂，你一直都是這副遊戲人間的德性，從不認真把別人當一回事嗎？」

「對許多人，我都是這副德性沒錯，但唯獨對你，我可是很認真的喔。」呂竟軒立即裝出曖昧又誇張的表情，甚至還噘嘴發出怪聲。

成庭覺得被嘲弄，生氣地吼道：「你臉皮癢，欠揍！」

成庭的右拳飛快有力，其勢頭和隱隱的破風聲令他自己大吃一驚，但是，呂竟軒閃躲的速度與力道，也不遑多讓，一下子就彈退三、四公尺遠。他們兩個，都被方才自己的表現，震驚得說不出話來。

待環顧四方，看沒人注意到他倆剛剛像超人般的身手之後，呂竟軒才淡淡道：「還好，沒人看見。」

「我看，我真挖到寶了。走，帶你回我家看點東西。」

呂竟軒隨手招了輛計程車，成庭起先猶疑了一下，最後，還是默默跟著坐進車裡。

❖

從呂竟軒的穿著和氣質來看，成庭本以為他應該是住在，那種建有自家泳池的豪華別墅裡。

沒想到，呂竟軒住的地方，雖是陽明山的別墅沒錯，但前院蔓草叢生，兩層樓的別墅，隨處可見鏽蝕斑駁，沒有佣人，也沒有游泳池。

呂竟軒說，別墅是租來的，因為他受不了平地瀰漫的貪婪之氣，住山上清幽自在，還說，住處的外觀，一點都不重要，讓人誤以為沒人住最好。

然而，別墅裡頭的樣貌，可就與外觀迥然不同。

呂竟軒住處裡的設計擺飾，就跟他的外表穿著一樣，時尚，有品味，還帶點冷酷獨特的味道，每樣家具飾物，看起來皆價值不菲。

「我看你這個人，就跟這棟房子一樣矛盾，說什麼受不了平地瀰漫的貪婪之氣？你看，眼前這些東西，哪一件不是貪婪的戰利品？」成庭覺得呂竟軒實在怪得可憐。

「NO，千萬別把品味跟貪婪搞混了。這裡的每一樣東西，都是我辛苦賺錢掙來的，沒有一樣跟貪婪沾得上邊。」呂竟軒對自己的工作態度與品味，都頗引以為傲。

「難道你從未替有錢的壞蛋，出庭辯護過？」成庭自信滿滿地想一舉戳破呂竟軒自命清高的假面具。

「從未。」呂竟軒陡地正色回應。

「我不相信。」儘管成庭從怡宣那找來的資料，並沒看到什麼有錢的壞蛋曾是呂竟軒的委託人，但他對律師，就是有偏見，總覺律師，是最能代表有錢能使鬼推磨的行業，黑都會被他們說成白的。

「事務所只要一有這種 CASE，沒人會來找我，因為，一定會被我一口回絕。雖然我這麼不配合，他們也拿我沒轍，誰教我其他的辯護成績好得沒話說。私底下他們常說，呂竟軒入錯行了，這麼愛伸張正義，應該去當檢察官。其實，他們都搞錯了，我才不在乎什麼正不正義，我只是不想弄髒自己的嘴而已。」

「都是你的一面之辭，我不相信。」成庭真不相信會有這樣的律師。

「信不信隨你，反正我已經辭職，從前的事，不再重要。」

「你幹麼辭職？」

「接下來，有那麼多名利雙收的事等著我，我哪還有時間幹律師。」

「你到底想幹麼？」

呂竟軒沒搭理成庭，只逕自走到客廳左側設計簡潔時尚的亮黑餐桌旁，拾起桌上的一疊白紙，再轉身踱回。

「你仔細看看。」呂竟軒將那疊白紙遞給成庭，然後，自顧自地坐進黑沙發裡。

沒想到呂竟軒還滿有繪畫天分的，一張張像電影分鏡的速寫稿，精準地畫出同樣也在成庭腦海裡上演過的預知畫面，無論人物表情、構圖取景與環境物件，全都吻合才剛發生過的事實。

不過，待成庭翻閱到後頭的速寫稿，卻發現結局有兩個，且相互矛盾。也就是說，在成庭出現商業大樓頂樓平台後，呂竟軒的預知開始產生分歧——幾張是，朝趙冠英受控跳樓自殺發展的畫面；另幾張，則是成庭介入，昏倒，最後救了趙冠英的畫面。

「你看懂了嗎？知道之前，我是如何被這些相互矛盾的預知畫面，搞得無所適從的困擾了吧。」呂竟軒像在自言自語般喃喃道。

「那是你庸人自擾，一般人沒預知能力，日子還不是照過？」成庭一點都不覺得像他們這樣會預知，是件好事，反倒認為，那是無止境夢魘的開端。

「蠢蛋，別人求之不得的東西，你竟當它空氣視若無睹。我告訴你，暴殄天物，是會遭天譴的。」

沒等成庭回應，呂竟軒接著說道：「之前，只要一預知到跟你有關的事，總會出現兩種版本，教我百思不得其解，直到今天，我終於知道，原來，你就是我的天敵，不，應該說，你是我們這類人的天敵——你擁有切斷始力操控的能力，這種能力，跟護解師教我們的斷式，不但不一樣，還強大許多，它甚至強大到能回震施術者，我們姑且稱之為『斷力』。斷式與斷力相較，前者，只是被動阻擋始力操控的術力；而後者，卻是能主動截斷始力操控的特異能力。此外，我還發現，你另有一種特別的能力，就是可讓始力間，產生共振加乘效果的能力，像你在仁愛路上，打我的那一拳，比平常快且有力，而我閃的，也比本來能跳的更快更遠，至於要如何善用這份能力，日後我們再來好好研究研究。」

成庭心想，自己能做什麼和做什麼特別厲害，居然得靠呂竟軒來發現和告知，實在窩囊，索性沒好氣地重提舊問題，好扳回一點顏面：「你還沒回答我先前的問題，你到底想幹麼？」

「你知道嗎？在台灣，像我們這樣的，至少還有一個。」

「在哪？你是怎麼找到的？」

呂竟軒隨即指了指自己腦袋：「預知，全靠預知。」

「這個人，你應該也知道，他雖低調，但偶爾會在新聞裡出現。」

「誰？」

「吳孟辛，人稱無岸大師的大靈媒。」

吳孟辛的通靈術，一直是新聞界的話題，預言的許多事，神準得教人不得不懷疑，他若不是作弊，就是神仙轉世。警察辦懸案找他，政治人物運籌帷幄找他，企業家趨吉避凶找他，甚至，連小老百姓有疑難雜症也找他，有一陣子，「找無岸大師去」幾成全民運動，直至他累出重病，改採預約制，熱潮才慢慢消退下來。

「你不要把會通靈的，全都當成魂歸者好嗎？如果會通靈就是魂歸者，那光台北市就不知有多少，更何況，這裡頭還有真有假。另外，你找魂歸者幹麼？難不成你想湊個魂歸者俱樂部之類的，或其他什麼神祕組織？想搞犯罪或革命？」成庭覺得呂竟軒像個酷愛新奇事物的頑童，興趣一旦被挑起，從此欲罷不能。

呂竟軒從黑沙發倏地站起，直指成庭鼻尖咬牙罵：「真不知你腦袋裡，都裝些什麼？要不是你身上有斷力這項強大的武器，根本就不想找你當PARTNER！」

呂竟軒氣炸了，但成庭也不好惹，他立刻站起回吼：「怎樣，難道你真以為我喜歡當你夥伴？只要你承諾，不再來煩我跟怡宣，我很樂意馬上離開！」

「為了怡宣和你自己好，我勸你，還是跟她保持點距離比較好。還有，你剛說我們這類人叫魂歸者，嗯，聽起來不錯，那以後，我們就這麼稱呼自己。」呂竟軒的火氣維持沒一分鐘，立刻又回復原先酷冷的模樣。

「哼，你不但嫌我笨，還管我私事，真是莫名其妙！」成庭的火氣，可不像呂竟軒的，沒掙點成果，絕不罷休。

「聽不聽勸，隨你。」呂竟軒像是不理吵鬧小孩的大人，自顧自走進客廳右側書房，沒多久，手上又拿了疊白紙出來。

呂竟軒把整疊白紙啪地一扔，即在成庭身前暗褐的矮長茶几上錯落散開：「自己看吧，看完後，你自會明白為何要找吳孟辛。」

呂竟軒說完話，便逕自坐進另一張黑沙發裡。

成庭慢慢坐下，先收攏整理好白紙後，再一張張翻閱上頭的速寫。

第一張畫的，是建在山林裡的一片壯麗道觀。

第二張畫的，是趙冠英在一雅緻房間裡，表情猙獰地怒罵某人。

而第三張畫的，竟是驚恐的怡宣在暗巷奔逃。

成庭頓時滿臉憂戚地抬頭瞥望呂竟軒，呂竟軒只悶悶道：「再看下去。」

第四張畫的，是成庭與呂竟軒被困在一間石室裡。

第五張畫的，是趙冠英受傷昏迷於滿地杯盤狼藉中。

第六張畫的，更教人費解，是成庭右掌流血站在競技場裡，而麗伶跟怡宣則一同坐在他後頭落淚的畫面。

成庭不由心想——我跟麗伶不應該還會有交集呀？難道真如第一次見面時阿青說的，我和麗伶的情緣尚未結束？此外，呂竟軒不可能見過麗伶，但他卻能經由預知，畫出如此神似的圖像，實在太驚人了。

「那位漂亮女生是誰？」

「我靈魂重新歸位前的妻子。」

呂竟軒以賊賊的眼神輕佻道：「妻子？怎麼？喜新厭舊啦。」

成庭瞪大眼：「她劈腿！一直都在劈腿！」

呂竟軒被成庭的激烈反應，小小嚇到，一時不知該說什麼，只好「喔」了一聲。

呂竟軒等成庭冷靜點之後，才囁嚅道：「好，甭理她，再看下去。」

第七張畫的，是一群表情凶惡的人，跟成庭與呂竟軒在一個大房間裡肅殺對峙。

第八張畫的，是在偌大的龍柱大廳裡，殘蛇遍布，一名冷豔女子屹立其中，氛圍之詭譎，令人驚駭。

「接下來呢？就只這八張？」成庭覺得呂竟軒的預知畫面，應該還有下一張才對。

「就這些了。」

呂竟軒的回答令成庭納悶：「就這些？我看不出這些預知畫面，跟吳孟辛有什麼關係。」

「第一張圖畫的道觀，就是吳孟辛的。」

「不對呀，印象中，吳孟辛很低調，沒聽說他有什麼道觀。」

「它就祕密建在深山裡，鮮少人知道那就是吳孟辛的道觀。」

「那你怎會知道？」成庭話才出口，便覺自己的提問可笑，呂竟軒會知道，當然又是靠預知，這麼容易推敲的答案，竟然還問。

為掩飾糗態，成庭趕緊找話想堵住呂竟軒的譏笑：「趙冠英怎會在那？那紈綺子弟該不會是吳孟辛的信徒吧？」

「當然不是。事實上，吳孟辛是趙家在政商界呼風喚雨的幕後功臣，許多見不得人的醜事，都是他在暗地裡利用特異能力搞定的，所以，趙家才會出錢建這座道觀。」

成庭突覺蹊蹺：「等等，今早惡整趙冠英的戲碼，應是你精心策劃的吧？」

呂竟軒笑得詭譎：「不錯麼，不過，你發現得太晚。」

「怎麼？你到底在搞什麼鬼？」

「現在你手裡的這些圖，是我在幾天前畫的。當時，我還弄不明白為何會在預知裡，出現吳孟辛的道觀、趙冠英、怡宣，還有……你的『前妻』。」

呂竟軒接以邪邪的招牌笑容繼續說道：「直到昨天，和你跟怡宣見過面後，新的預知再度出現，也就是一開始你看過的那些圖。」

「唉。」呂竟軒在長歎口氣斜睨成庭一眼後，即仰頭喃喃自語：「我覺得自己，已快被預知制約住了，雖說預知能力求之不得，但太靈敏，實在也挺累人的。」

「不知道你有沒有想過一個問題——像你這樣，預知給你看什麼，你就照著演，那到底是，你在演預知，還是早命定？」成庭循著呂竟軒的感歎，順勢提出也困擾自己的疑惑。

「哦，你腦袋還滿清楚的麼，不過，特異能力就是這樣，要靠它顯神威，自己也該付出點代價。」

「我才不覺得，放下這一切，不就海闊天空？」成庭這話說得心虛，因為他已漸漸明瞭，怡宣跟麗伶，都已經被他拖下水，只有面對挑戰，才可能保她們無恙。

「與其說放下，還不如說是逃避，你真以為逃得了？你以為老天爺，會憑白給你這些？」

呂竟軒搖搖頭接著說道：「為何是我們？一定有原因，我要找出來。至於逃，你、我和吳孟辛，都逃不了。」

「事實上，命運，早已把我們三個人綁在一起。」呂竟軒說得玄奧，成庭一時不知該說什麼。

突然，從二樓傳來異聲，呂竟軒卻以賊賊的笑臉輕聲說：「來了。」

「什麼來了？誰來了？」成庭被驟變的詭譎氣氛，弄得緊張萬分。

「吳孟辛派人來了，你趕快準備使用始力，不然，被抓、被傷、被殺，我都不管你喔，我會完全否認跟你有任何關係。」

呂竟軒無情的話才剛講完，五個人影發出的答答疾步聲，忽從客廳後方踏階以黑白設計，宛如迴旋琴鍵的樓梯直衝而下。

每個人都黑衣、黑褲、黑鞋、黑手套、黑頭罩，而且，連尾巴也都全是黑鼠尾。他們手握的利刃，把把直閃寒光，都急著噬血。

成庭還害怕地愣在原地，呂竟軒即一秒都沒遲疑地倏忽出手。

呂竟軒疾衝上前，飛快抽出擺在樓梯旁高爾夫球袋裡的球桿，猛下腰，先毫不留情地逕朝最壯碩的黑衣人雙腿掃去，「喀吱」的骨頭碎裂聲，讓成庭聽得不寒而慄！然後，家具、骨董、藝術品和電器的裂折與破碎聲，更隨著第二、第三、第四個黑衣人，被呂竟軒以靈敏如豹的速度，威猛如熊的力氣撂倒之際，四處乍響，最後，倒地黑衣人個個抱著斷腳，滾地哀號，一把把利刃，恍若秋刀魚散陳一地。

唯一未受傷的黑衣人見狀，害怕得原地直打哆嗦，抓著刀動都不敢動。

「回去告訴吳孟辛，別急，我們很快就會去拜訪他。」

接著，呂竟軒從容踱步到大門，再打開黑得發亮鐫有雅緻銀雕的鋁門高喊：「滾！」

一下子，只斷一條腿的兩名黑衣人，便各瘸著腳，一同扛起斷雙腿的最壯黑衣人，拖著尾巴從大門狼狽離開。然後，愣在原地的黑衣人，像驚覺刀會燙手似地突然放掉利刃，「鏘」的一聲，就像戰場上棄械逃命的聲響，緊接著，他才慌張地背起另一名也斷雙腿的黑衣人，一道夾著尾巴快步竄逃。

「你剛剛的表現太遜了，像個娘們似的，你該不會已經嚇得尿褲子了吧。」呂竟軒斜睨了成庭一眼，接著將已彎曲變形的高爾夫球桿隨手一扔，又是「鏘」的一聲，但這次聲響，卻像極了拳擊賽終場結束的鐘聲，他便這麼得意地踩著勝利者的步伐踏入洗手間，待他把亂髮梳理整齊，襯衫、西褲也拉整筆挺了，才步出洗手間，然後，輕拍一下成庭肩膀：「走，去你家。」

「什麼？」成庭還未從剛剛的驚嚇完全回過神來，沒想到呂竟軒又丟出震撼彈。

「這裡已經不能待啦，不去你家，難道你捨得花大錢，天天住旅館？」

成庭支支吾吾，不知該如何拒絕。

「我們不是PARTNER嗎？況且，看在我剛剛救你一命的份上，讓我住你家，一點都不過分吧？」

「我……」

「放心，趙冠英不認識你，吳孟辛也還不知道你是誰，你那很安全。」

成庭因剛剛的孬樣，氣始終壯不起來，以致對呂竟軒的莫名要求，根本無力回絕，就這樣，他在半推半就的情況下，心不甘情不願地默許了呂竟軒的提議。

在離開別墅前，呂竟軒忍不住回頭望了望滿室的狼藉——破損一地的心愛骨董與藝術品，毀壞殘缺的時尚電器和家具，教他不由恨罵道：「這些，我都會加倍討回。」

復燃

計程車才轉進巷子，成庭便遠遠望見不可思議的畫面——怡宣竟陪麗伶，站在他家樓下左顧右盼。他隨即轉頭問呂竟軒：「你早知道她們會來找我，對不對？」

閉目養神的呂竟軒，只稍掀嘴皮：「那是你的事，與我無關。」這話聽得成庭火冒三丈，卻無言以對。

成庭一下車，怡宣瞥見了，便領著麗伶靠向前來：「成大哥，你怎麼沒接 CALL 機？我們找你找好久，擔心你……」等呂竟軒也跟著跨出計程車，怡宣臉色立刻大變：「你來這幹麼？」

呂竟軒擺出邪邪的笑臉：「我住這啊。」

「什麼？」怡宣旋即轉身，以驚疑的眼神探詢成庭，成庭回以無奈表情：「先上樓再說。」

❖

一上樓，成庭先請客人在前陽台稍等，便自己衝進客廳，把凌亂的擺設和幾處垃圾，匆促整理清除後，才漲紅著臉請客人進屋。

呂竟軒皺著眉，撇著嘴，環顧四方，然後開口道：「看來，記者不好當喔，薪水應該不多。」

怡宣和成庭幾乎同時瞪呂竟軒白眼，怡宣還馬上回擊：「是啊，哪像你大律師，隨便開個金口，銀兩就大把大把送來。」

怡宣再接再厲：「倒是你這尊大菩薩，成大哥的這間小廟怎容得下你，我看，你那麼有錢，請乾脆點，自己換間大廟住好嗎？」

呂竟軒卻不以為意地淡言道：「唉，落難菩薩，哪都能住，我雖嫌這，但明天，定會讓此處煥然一新。」

麗伶在一旁看得無趣，逕自插嘴道：「喂，成庭，你為什麼不來找我？」

麗伶單刀直入的問話，教成庭當下不知該如何回答，怡宣則以略顯失落的表情殷望著他。

成庭先清了清喉嚨，並在心底暗忖，得先弄清楚狀況，免得不小心傷害到怡宣：「妳怎麼會跟怡宣來這？」

看得出麗伶對怡宣滿懷戒心和敵意，她輕揪了一下成庭手肘的襯衫：「我想，你對我可能有點誤會，可不可以去前陽台談談？」

「哦，有人男朋友要被搶囉。」

呂竟軒幸災樂禍的高叫聲，惹來怡宣反彈：「你在鬼叫什麼?成大哥才不是那種人。」

怡宣看成庭一副遲疑失措的樣子，便知眼前的驕縱女人跟成庭之間，似乎有某種曖昧關係，但她相信成庭，也不願呂竟軒看笑話，索性大方幫成庭解圍：「成大哥，沒關係，把話講清楚是好事。」

成庭很感激怡宣的體諒，但還是害怕單獨跟麗伶交談，會傷害他好不容易才跟怡宣建立起來的感情，沒想到，呂竟軒又繼續在旁加油添醋：「真像娘們咧，人家都大方准你跟別的女人說悄悄話了，還杵在那！」

這回換麗伶出面教訓呂竟軒：「喂，你是誰呀，像娘們不行嗎？都落魄到要投靠人家了，還好意思在人家地盤鬼吼鬼叫。」

「哦，一個比一個兇，PARTNER啊，你慘啦。」呂竟軒馬上在嘴前，做出拉上拉鍊閉嘴的動作，並先後對兩位怒目瞥他的美女傻笑。

「走。」麗伶轉頭就拉成庭往外走，到了前陽台，旋即迴身「唰」的一聲關上落地窗。

怡宣就這樣在沙發上如坐針氈，默默透過落地窗的毛玻璃，望著成庭跟麗伶的側影，她極盡耳力，想聽清楚他們在說什麼，但像被毛玻璃裹護住的咕噥聲，只一味地折磨她的耐性。時間龜速走著，彷彿有股無名火，正在慢慢烹煮她，心整個糾結，悶塞煩躁的感覺，讓她異常難過。

「喂，我知道他們在說什麼，想不想聽？」自己從小冰箱拿出啤酒喝的呂竟軒，看怡宣坐立難安，又想逗她。

「不想跟你瞎扯淡。」

「妳應該聽成庭提過始力吧？我剛剛就利用始力，偷聽到不少喔。」

接下來，呂竟軒即不待怡宣答覆，便自顧自地劈哩啪啦重播成庭跟麗伶的對話，怡宣雖知偷聽不應該，但實在耐不住煎熬，只得外表裝作沒在聽，而心裡，可是一字一句，用力聽得清清楚楚。

❖

「上次見面，你亂玩三歲小孩的把戲，氣得我調頭就走。在餐廳外頭，我還故意等了你一下下，誰知你沒追來，面子掛不住，只好氣呼呼回家。」麗伶拉成庭到前陽台說的第一句話，一下子就將成庭帶入痛苦的回憶當中。

「後來幾天，本想打電話給你，但你沒動靜，我哪好意思啊。直到前天，慧惠打電話來問我們的進展，我氣得罵她，為何介紹個木頭人給我，她才說，你在我們見面後第三天，曾問過她先生，我隔天晚上在不在家，我這才恍然大悟！」

聽麗伶說得輕鬆，但成庭當時錐心刺骨的痛，卻忽湧而上，惱得他再也沉不住氣：「沒錯，那天晚上，我的確帶了花，去妳家想賠罪，等了又等，直到看見妳跟……」

「我就知道，你誤會了，他是我剛從美國學成榮歸的學長啦！下班前，幾個曾受過他照顧的學妹，一同臨時起意邀他吃飯敘舊，慧惠雖曾在前一天打電話問我，隔天會不會準時回家，但她又沒說你要來，所以，我就沒再跟她聯絡更正。聚完餐，KEVIN 體貼地一一送我們回家，不巧我排最後一個，因此害你誤會……」

「其實，妳跟他郎才女貌，很登對，我配不上妳，妳無須跟我解釋這麼多。」成庭內心的創傷，深得令他不願再嘗試任何可能。

「什麼郎才女貌，KEVIN 這次回來，就是為了要跟他相戀十年的女友結婚，你在那亂扯什麼東西呀！況且，他太帥了，不是我喜歡的型，我從沒想過要和他交往。」

那之後呢？當他做上妳的主管之後呢？近水樓台，再加上妳我的情感低潮，在那時，各種可能，都可能成真——就跟九年後，我跟怡宣的感情一樣，成庭在心底默默想著。

成庭索性拿保持距離，以策安全的態度面對麗伶：「別太鐵齒，像我就認識不少婚前信誓旦旦，說不嫁給軍警、醜男或帥哥的，後來偏偏都嫁給了這些人，所以，將來的事，真的很難說，別這麼早就妄下斷言。」

成庭的冷漠教麗伶心寒，於是她從淺紫套裝口袋裡，掏出一張寫滿姓名和電話的橫線筆記紙：「沒想到你會這麼看我。好，這裡面寫的，全是當晚參加聚餐朋友的姓名和電話，你可以一一打電話給她們，問我有沒有騙你。再不相信，上頭還有餐廳電話，你可以問他們，我們有沒有訂位？共去幾個人？如果這些，你仍當是串證，那好，我們有現場照片，還沒送洗，改天寄給你。不過，這麼做，好像也沒什麼必要，因為，從今以後，我不想再見到你！」

麗伶一說完話，便把筆記紙塞進成庭的襯衫口袋裡，接著轉身打開木門打算走人，成庭的手雖很快拉住她，但腦袋卻一團混亂——自己真誤會了麗伶？那以後該怎麼處理跟怡宣初萌的戀情？更糟糕的是，當下，他曾經與現在正深愛的兩個女人，同在眼前，該如何解套？

看樣子，成庭只好循序地，一個個解開這些纏攪在一塊兒的糾結：「妳怎麼會和怡宣一起在這出現？」

「你現在到底想怎樣？知道錯了就道歉，不然，沒什麼好說的。」成庭想藉轉移話題來化解尷尬，顯然失敗。

「好，是我不對，委屈妳了，真的很抱歉。」

「嗯，這才像話。」

接著，麗伶忽然以右手食指直戳成庭心窩：「老實說，你跟怡宣是什麼關係？」

「我們是同事啊。」成庭回答得既心虛又不忍。

「真只是同事？」

「我們是革命情感很好的同事。」成庭愈解釋，愈覺得對不住怡宣。

「好，暫時相信你，不過，我會密切注意你們，憑我女人的直覺，她對你，才不光只有革命情感哩。」

「妳還沒回答我，為何會和怡宣一起出現？」

「前天，慧惠給我你的電話後，猶豫了兩天，好不容易，今天才鼓足勇氣打電話，卻不管是打到報社，或家裡都沒人接，打 CALL 機也沒用。後來，只得請慧惠先生幫忙找人，怡宣便因此跟我搭上線。一開始，她問東問西，問我是誰？跟你有什麼關係？不得已，只好瞎編個理由，請她帶我來找你。」

「什麼理由？」

「哎呀，我不告訴你。」

「沒關係，那我去問怡宣。」

「不准！」

「為什麼？」

「人家是在情急之下，亂想到的麼，現在想想，還挺難為情的。」說著說著，麗伶的雙頰，還真的緋紅起來。

看到麗伶此刻的嬌羞模樣，便不禁令成庭回想起，在靈魂重新歸位前，那些與她熱戀時的甜蜜點滴。

「好，妳不想說算了。那現在，誤會說清楚了，請快回屋裡，我泡杯洛神玫瑰花茶給妳喝。」成庭話才出口，即驚覺，洛神玫瑰花茶只存在他的記憶裡，現在家裡，根本沒有這款麗伶在他靈魂重新歸位前熱衷的茶飲，想改口，麗伶卻先一步表情驚喜地輕嚷：「你也愛喝洛神玫瑰花茶嗎？真巧，這幾天，我才剛迷上它呢。」

成庭不禁心想，麗伶光對這麼件小事，就大驚小怪，倘若再知道其他怪事，不曉得會不會當場嚇昏？瞥望麗伶微張的小嘴，和睜得大大的雙眸，讓他忽然有股想擁麗伶入懷的衝動，但強烈的罪惡感，硬是讓他忍住：「是啊，我們快進屋吧。」

❖

成庭一拉開落地窗，眼神立刻和怡宣對上，怡宣溼潤的眼眶，教他看得難過又自責，但他沒料到，在怡宣看似哀傷柔弱的眼神裡，其實早已蓄滿鬥志。

「原來，妳這位假乾妹妹，根本沒要還錢，而是來搶人家男朋友的！」怡宣從沙發立起，並馬上強悍地對麗伶開戰。

哦，麗伶騙怡宣說，她是要來還錢給自己的乾妹妹？成庭聽了無語。

麗伶也不甘示弱：「誰搶妳男朋友啊！成庭說你們只是同事。」

怡宣則挑眉道：「是同事，不能同時也是男女朋友嗎？」

麗伶不想再玩文字遊戲，直接將問題丟給成庭：「你說，到底誰是你女朋友？你如果認定她，我馬上走人！因為，我不屑做破壞別人感情的第三者！」麗伶在講「第三者」這三個字時，不但刻意用力咬字，還轉頭瞪視怡宣。

成庭愣望她們，心中波濤洶湧，不知該如何回答。

驀地，呂竟軒又出手：「唉，一位是成庭現在的精神支柱，另一位是他未來的老婆，一下子同時出現，還要他立刻回答，誰才是他女朋友，這未免太強人所難了吧。」

麗伶覺得呂竟軒的話太怪：「等等，你給我說清楚，誰是他現在的精神支柱，誰又是他未來的老婆？」

「怡宣，是成庭現在的精神支柱，而妳，是他未來的老婆。」呂竟軒一個字一個字地慢慢說。

「你怎麼可能知道，我是成庭未來的老婆？」麗伶覺得呂竟軒在胡說八道。

「在場的，除了怡宣才剛知道之外，只有妳不知道。」呂竟軒在喝了一口啤酒之後，續以斬釘截鐵的語氣，慢慢回答麗伶認定無法求證的提問。

麗伶以驚疑的眼神，各東望西看了成庭和怡宣一眼，得到的，居然都是無言的默認：「你們是不是都瘋了？未來的事誰曉得。」

「的確，這個世界的未來，或許還有許多變數，妳未來會不會還是成庭的老婆，我當然不敢保證，然而，在我和成庭來的那個世界，妳真的就是他老婆沒錯。所以，現在，妳跟怡宣都有同樣的機率，可以在未來當成庭的老婆，只是，誰願意多給成庭時間和空間，那她的勝算就會變大。」

呂竟軒話說得愈來愈玄，麗伶一時難以消受：「你在胡說什麼？我完全聽不懂。」

沒想到在這個時候，怡宣卻大方向前輕摟麗伶：「走，我們一起搭計程車回家。成大哥累了，讓他休息，在車上，我再跟妳詳細解釋。」

麗伶不領情地掙脫怡宣：「不要！我要聽成庭親口說。」

「嘖，嘖，有人要開始扣分囉。」呂竟軒一說完話，就又馬上喝口啤酒。

「請放心，我知道多少，妳就知道多少，我會和妳公平競爭。」怡宣的眼神，滿是堅決與誠意。

就這樣，麗伶終於不甘願地隨怡宣離開公寓。

在驚天動地的震撼之後，成庭即像顆洩氣皮球，癱坐進深咖啡色的補丁假皮沙發裡，他輕拍了一下坐在身旁悠哉灌啤酒的呂竟軒肩膀：「謝謝你。」

「誰叫你是我 PARTNER，我不幫你，誰幫？不過，有兩大美女搶著要，我真不知該為你感到高興，還是難過。」

❖

西元一九九六年三月六日　台北市

翌日近午，成庭忽被一陣窸窣聲吵醒。

才清醒，昨晚麗伶和怡宣同時出現的畫面，像要惡作劇似地乍現腦海，嚇得成庭差點從床上跳起來，待他慢慢弄清現況，腦袋又開始變得昏脹難耐。

孰料接下來，成庭一踏進客廳，不僅當場傻眼，腦袋也更加緊繃像要炸裂——他看見自己的家，正由三位各長著松鼠、豬及兔子尾巴的歐巴桑努力清掃著，她們拖地、擦窗、清廚房，搬東搬西，就像在做年終大掃除。

坐在全新黑亮高級真皮沙發上的呂竟軒，正在看報，等他發現成庭一頭霧水地站立眼前，即若無其事地抬頭對成庭微微一笑。

然而，今天客廳多出來的，不光只有歐巴桑，與整組全新黑亮高級真皮沙發而已，還有一台銀灰 HITACHI 三門電冰箱，一套酷黑餐桌椅，以及黑得晶亮的電視櫃，和擺在上頭的三十二吋 SONY 黑殼電視。跟成庭有深厚情感的烏溜溜二十吋 NATIONAL 電視，則好似被小妾鳩占鵲巢的原配般，慘遭冷落一旁。

這是客廳的部分，但在廚房和前、後陽台還多了什麼，成庭不敢再想下去。

「呂竟軒，你這在幹麼？」成庭偏頭以右拇指揉了揉太陽穴，準備承接呂竟軒丟出的莫名理由。

「幫你呀。」呂竟軒回得輕鬆自在。

「幹麼把我家，弄得像你家一樣？」

「像我家？NO，差多了。」

呂竟軒站起身，折疊好報紙，再輕拍成庭肩膀：「要跟兩大美女談戀愛，愛巢怎能寒酸？錢不算利息，先借你布置，等我們成功了，再還我。」

「什麼跟什麼啊，你只不過是想住得舒服罷了，講得那麼好聽。」成庭氣得抗議：「全退回去，我不需要！」

歐巴桑們聽到成庭的吼聲，紛紛回頭，呂竟軒隨即比了個沒事的手勢，請她們繼續：「要退，你自個兒去退，損失自負。今天上午，為忙這些，可把我累壞了，真是好心沒好報。」

「你……」成庭完全拿呂竟軒沒轍。

「好啦，錢我出一半，就當作是住宿費、結婚賀禮以及預支分紅。」

「什麼？我真服了你。」成庭實在鬥不過要賴的呂竟軒，索性躲進浴室盥洗消氣。

❖

成庭梳洗完畢，走出浴室，除見歐巴桑們仍在賣力打掃之外，呂竟軒依然像大爺一樣，坐在新沙發上，邊喝啤酒邊看報。

「喂，今天要幹麼？」有呂竟軒在，成庭竟不知接下來該幹麼。

呂竟軒攤開報紙，指著其中一條新聞：「吳孟辛明天會在台北現身。嗯，今天放你一天假，看你是要去找怡宣，或陪麗伶都可以。」

「喂，你管太多了吧。」成庭對呂竟軒翻了翻白眼後，接著嚷道：「吳孟辛要來台北？然後呢？」

呂竟軒一聽到提問，隨即起身走到成庭身邊，再一邊斜睨歐巴桑們，一邊湊近成庭耳畔輕聲說：「跟蹤他。」

「你不是知道道觀在哪，何須跟蹤？」成庭也跟著輕聲問。

「誰跟你說我知道道觀在哪？事實上，我只知道有道觀，但在哪，預知並沒告訴我。所以，我們得跟蹤吳孟辛，這是想找到道觀，唯一最快、最有效的辦法。」呂竟軒話說得輕又急，教成庭聽得相當吃力。

呂竟軒跟成庭兩人的動作鬼祟曖昧，自然惹得歐巴桑們面面相覷。

成庭注意到歐巴桑們的表情，這才恍如大夢初醒抗議喊道：「喂，這是我家欸，說話幹麼像賊似的！」

接著，成庭便不顧呂竟軒蹙眉的惱樣，開始趕人：「各位女士，妳們已經把這裡打掃得非常乾淨，可以回去了。」

歐巴桑們當然樂得輕鬆，很快地，她們全都俐落地停止清掃動作，拖把一放、刷子一丟、抹布一扔，再一起圍攏住呂竟軒跟成庭。

成庭轉頭問呂竟軒：「她們在幹麼？」

「跟你要錢呀。」歐巴桑們聽呂竟軒這麼一說，全轉頭注視成庭。

「什麼？她們是你請的，又不是我。」

「她們打掃的，是你家，又不是我家。」

「你……好，算我倒楣，多少？」

「記得早上在菜市場喊的價碼，好像是……一個上午一千塊。」呂竟軒事不關己地裝出回憶狀。

成庭無奈地回房間拿出皮夾，但在他正準備掏出一張千元大鈔時，呂竟軒卻在一旁提醒：「是一人一千喔。」

成庭氣急攻心，整個人就快爆炸，不過，他仍很有風度地忍住氣，邊心淌血，邊將千元鈔一一遞給歐巴桑們，最後，還勉強咧嘴點頭：「謝謝，辛苦妳們了。」

等歐巴桑們都心滿意足地離開後，成庭馬上對呂竟軒破口大罵：「你太過分了！裝闊是你家的事，別拖我下水！你如果還想繼續住我家，就不准再亂搞！否則……」

「否則怎樣？」呂竟軒在嗆完話後，便逕自坐下，再拿起啤酒大喝一口，完全不把成庭的警告當回事。

「否則……否則，這裡讓你住，我去住你家！」成庭原本答不出話來，但腦袋忽然靈光一閃，立刻想到自戀者的罩門——自己鍾愛的東西，害怕別人碰。

呂竟軒陡地放下啤酒，站起身，再用力一拍成庭肩膀：「不錯嘛，開竅囉，願意動腦筋了。」

「好。」呂竟軒在環顧四周兩回後，才接著說道：「差不多了，我可勉強接受。我答應你，就這樣，不再動了，反正，今天，是借住你家的最後一天，想動也沒時間。」

這下呂竟軒話一說完，成庭便被激得想揍人，孰料，呂竟軒卻自顧自地走向浴室。

「喂，等一下，什麼叫做『借住你家的最後一天』？如果你真只在這住一、兩天，幹麼把我家搞成這樣？還有，我們為何非去吳孟辛的道觀不可？」

「幫你把家弄得乾淨、漂亮、像樣點，純粹是友情贊助，希望你討老婆順利成功，儘管我不知道這麼做是對是錯。至於為何去道觀？因為，預示要我去，我就去。」

然後，呂竟軒就砰的一聲關上浴室門，成庭本想上前敲門繼續追問，電話卻在此刻響起，只好悻悻然地轉身回客廳接電話：「喂？」

「成大哥，你還好嗎？」

成庭聽到是怡宣的聲音，氣馬上消去大半：「昨晚很抱歉，委屈妳了。」

「不會、不會，倒是太為難你了。」

「怡宣，妳不要對我這麼好，我好怕會辜負妳。」

怡宣一時難以理解成庭話裡的意思，在沉默幾秒後，才驀地說：「如果，成大哥覺得，我們兩個，麗伶姐比較好，那我願意退出，並祝福你們。」

「不，妳誤會我的意思了。相反地，等麗伶今晚下班，我會去找她談個清楚。」

「你是該和她好好聊聊，她好像還是不太相信我說的話。」

「她相不相信不重要，我要的是妳，我會讓她明白。」

電話那頭的怡宣，隨即以極度壓抑，但仍難掩激動的微顫語氣說：「不過，麗伶可是你靈魂穿越時空前的妻子啊，這麼做，會不會太無情、太不應該。」

「沒錯，麗伶是我靈魂穿越時空前的妻子，但她是另一個時空裡的我的妻子；現在的我，只愛妳，不愛別的女人，妳才是這個時空裡的我的未來妻子。」

怡宣此刻的抖音，已藏不住雀躍的心情：「成大哥，你真的……這麼想？」

「嗯，這是我昨晚，輾轉反側整夜，才想通的道理，絕不騙妳。」

怡宣在電話那頭，高興得想要尖叫，但周遭同事的狐疑眼神，硬是令她壓低聲音，轉移話題：「呂竟軒沒欺負你吧？」

「他啊，唉，怪人一個，一天到晚找我麻煩。」

「怎麼啦？」
「罄竹難書，懶得說他。」
「哦，有人在說我壞話。」呂竟軒像飄魂似的，不知何時已悄悄溜至成庭身後。怡宣在電話那頭，也聽到了呂竟軒的聲音，於是氣憤地叫成庭快將話筒轉給他：「喂，你別太過分喔，成大哥會對你客氣，我可不會。」
「妳想怎樣？」呂竟軒邪邪的笑容，又掛上臉。
「今天上午，我已經報名跆拳班，以後你再敢欺負成大哥，看我怎麼修理你。」
「妳這是在說笑嗎？會用始力的成庭，身手或許不容小覷，但妳？我勸妳別練了，趕緊討回學費，放進口袋，比較實在。」
「你狗眼看人低！」
「無聊。」呂竟軒在丟下話後，旋即遞還話筒，再踱步回房。

❖

下午，成庭在躊躇許久後，才鼓足勇氣撥電話給麗伶：「下班有空嗎？」
「跟朋友已經有約。」麗伶語氣冷冰冰的。
「可以推掉嗎？如果今晚沒見成，以後恐怕再也沒機會了。」

「什麼意思？」

「今晚見面再解釋，可以嗎？」

「……嗯，我推看看。」

在跟麗伶約好時間和地點後，成庭即悄悄掛上電話，接下來，他便久久獨坐在新的黑皮沙發上喝悶酒，他就這樣斷斷續續喝了五罐啤酒。然而，在這漫長的午後憂鬱時光裡，直在他腦海中盤桓不散的，盡是他在靈魂重新歸位前，和麗伶跟小賢一起共度過的生活點滴。

「真的該結束了。」成庭在起身準備洗澡赴約前，對自己如是說道。

❖

成庭約麗伶在相親時去的那家法國餐廳見面。

麗伶今晚的美，教成庭屏息。

麗伶穿了一襲展現她完美曲線的深紫無袖低胸絲質洋裝，外覆半透明金繡典雅圖案的黑罩衫。秀髮高高挽起，露出修長皙白的頸，一條嵌有藍寶石的秀緻項鍊，就這麼與優美的頸肩線條共譜出線之舞曲。而忽隱若現的乳溝，更教成庭的視線不敢駐留。

符合黃金比例的麗伶細緻五官，經其細心妝點後，再襯著幾根額前的飄逸髮絲所散發出的魅惑之光，直教成庭迷醉不已。不過，她身上的 CHANEL N°5 香水味，和輕搖的土耳其藍長貓尾，還是讓成庭不由回想起，那晚麗伶學長送她回家時的景況，當時的妒忿心情，雖像早已遠颺的風暴，但滿地的狼藉到現在，尚須用心與時間整理。

「你為何在電話裡說，如果今晚沒見成，恐怕以後再也沒機會？」麗伶刻意壓低放慢聲音，教人聽來性感嫵媚。

「我不這麼說，妳會願意推掉朋友的約來見我？」事實上，成庭在心底暗揣——明天，就要和呂竟軒跟蹤吳孟辛回道觀，將會發生什麼事？他不敢想，但內心確實有不祥的預感。

不過，成庭現在不能再跟麗伶說這些，今晚，他是來解決問題，而不是來製造問題的。

「你好壞。」麗伶在嬌嗔地對成庭使了個媚眼後，忽羞紅臉低眉問道：「可不可以跟我說說，在你們所謂靈魂穿越時空之前，我們是怎麼認識和結婚的？還有，我們有沒有小孩？」

「靈魂穿越時空之前的我們，在上次相親見面以後，即開始熱戀，沒多久，妳就搬過來，跟我同住在昨晚妳去的那棟公寓裡。兩年後，我們在板橋買下新房結婚，隔年，聰明可愛的小賢在台大醫院出生，體重三千六百公克，就這樣。」成庭以唸流水帳的方式陳述過往，希望盡可能地逃避甜蜜回憶的挑逗。

「喂，你這個人怎麼這樣！和我在一起的往事，有這麼不堪回首嗎？需要你不帶感情，像唸課本一樣？」麗伶在白了成庭一眼後，接著轉頭凝視窗外喃喃道：「別以為我不知道你心裡在打什麼主意，就算今晚，是我們最後一次見面，是不是也該留給我一點美好的回憶？」

聽麗伶這麼一說，成庭好不容易才武裝起來的鐵石心腸，頓時崩解，他一直懼怕逃避的舊情，驀地沖破高堤，猶如遮天海嘯席捲而來：「對不起⋯⋯」

成庭忽像個幫媽媽跑腿買醬油，卻弄丟錢空手而回的懺悔小孩，直在那低頭無語，欲哭無淚。

「說真格的，歷經這幾天的波折，我發覺你這個人，還滿可愛的，如果就這樣被你放棄掉，挺可惜的。」

成庭猛地抬頭，瞥見麗伶眼眶裡，正隱隱閃動著淚光：「請別這麼說，妳非常好，是我配不上妳。」

「那你的意思是，我非常好，但怡宣超級好，所以你選她，不要我。」麗伶的淚，已冉冉流下，不過，很快就被驕傲的主人，以高雅纖細的食指倏地拭去。

「不，不是這樣的。事實上，靈魂穿越時空之前的我們，正因我的無能、善妒和失業準備離婚，害得小賢左右為難。」

麗伶一聽完成庭的苦衷，立刻破涕為笑：「喔，原來如此。我就說麼，我怎麼可能輸給怡宣？原來你怕舊事重演，對我有陰影。」

成庭難以否認麗伶一針見血的敵情研判。

「好，今晚之前發生的事，當然也包括你靈魂穿越時空之前，我們那段九年情全都不算，今天晚上，是我們第一次見面，第一次約會，一切歸零，重新開始。」麗伶在慎重調整好餐桌上自己和成庭的刀、叉、瓷盤與水杯的角度和位置，再順勢抹平幾道桌巾的皺摺之後，才向不遠處豎著靛青豹尾的服務生舉手示意。

「麗伶，我……」成庭完全亂了方寸，想說的話，全糾結綑裹成毛線球般堵在喉頭，半天蹦不出一個字。

「該你點餐了。」麗伶在跟服務生點完尼斯橄欖沙拉、牛腱洋蔥湯、碳烤香料羊排、火焰薄餅以及勃根地紅酒後，即以愉悅的笑靨，提醒成庭分手談判已告結束，接下來，是她享受愛戀的美好時光。

成庭像鬥敗公雞喃喃地點餐，等他點完餐，服務生走了，麗伶便急著嬌嗔問：「快，快告訴人家，小賢長得像誰？調不調皮？是胖是瘦？有沒有什麼壞習慣？喜不喜歡上學？跟誰比較親？……」

成庭不禁暗笑，不是才剛說一切歸零，重新開始嗎？怎麼現在，就急著問小賢咧？

分手計畫是失敗了，今後，該如何面對怡宣？現在的他，對麗伶跟怡宣，都有著非常複雜矛盾的愛，要強迫自己跟其中一位談分手，恐怕都辦不到，他愧對她們，更不忍看她們傷心難過，他該怎麼辦？難道就只能靠時間來解決一切？成庭不禁悶想。

❖

雖然成庭與呂竟軒已成為夥伴，呂竟軒之前的預知可能因此改變，但求心安，成庭還是在晚宴談話中，慎重囑咐麗伶，近日得格外留意在外安全，尤其夜歸更要小心；晚宴後回到家，他也是這樣在電話中叮嚀怡宣，怡宣雖心繫晚宴談判結果，但見成庭沒提也不好意思多問。不過，她倆都覺得成庭有點反應過度，不信在台灣會有人這麼目無法紀，儘管如此，她們都還是答應會小心自身安全。

另外，因為怡宣她倆目前跟吳孟辛還沒產生任何交集，以致沒有相關物品可供成庭感應，他只好求助呂竟軒，而呂竟軒搖頭隨口說出的「我又不是放映機」，便被他解讀成沒壞預知應該就是沒事的意思，最後，為求保險，他再致電請託員警好友老胡，請他務必在這些天，費心關照怡宣她倆。做了這麼多，他心中依舊七上八下，但已無計可施，只希望一切是自己多慮了，祈求上蒼千萬別讓呂竟軒原先的預知畫面成真。

埋伏

西元一九九六年三月七日　台北縣

隔天近午，無尾的吳孟辛著灰袍，在信眾、巨賈、高官與媒體記者的簇擁下，於北縣三峽的一片大空地上，帶著慈父般滿是春暉的笑容，拿起一把新得烏亮的鐵鏟，朝灰褐地用力一鏟，一培夾雜草根、碎石子的灰褐土，就這麼被高高舉起，頓時歡聲雷動，爆竹乍響，快門、閃光燈爭寵似地不斷以聲光互嗆，最後，長著金魚尾的司儀，才像突然想到自己該做什麼一樣大喊——大愛無岸的無岸醫院，即日起動工，預計三年後營運，屆時縣民的健康，將獲得最完善的照顧與保障……

值此同時，成庭和呂竟軒正冷冷地站在遠處旁觀。

「喂，我有車，你幹麼還租車？」成庭先瞥一眼停在一旁的黑亮ＢＭＷ，再將憋了一早的疑惑拋出。

「你那輛老爺車，跑得過這些黑頭車？還有，你車牌大刺刺地掛在那，就像個超級大燈泡，如此曝露身分，只會徒增我們跟蹤的困擾與風險。」

「是哦，什麼都嫌，我看你租車的真正原因，根本就是騷包、裝酷、耍帥！哼，我先聲明，租車錢你付，油錢我負責。」

「傻瓜。」

「是，我當然是傻瓜，只有傻瓜才會願意當你夥伴，任你愚弄當猴子耍，卻又莫可奈何。」

成庭想起昨天房子被呂竟軒亂搞一事就滿肚子氣。

「不好意思，這車完全免費，不用一毛錢租金。至於油錢，你既然搶著付，那成全你，先謝啦！」

聽呂竟軒說租車免費，成庭不由暗罵自己多嘴，但隨即揣想，租ＢＭＷ免費？哪有這麼好的事？早上租車時，看他不像認識租車公司的老闆，跟店員也不熟，所以，能免費租車，不是他在唬人，就是又再次利用始力操控人。

於是，成庭試著反擊：「租ＢＭＷ不用錢？說實話，你是不是又在亂用始力操控人？」

「和店員握過手後，我才知道那家公司，原來是掛羊頭賣狗肉，表面上是租車公司，暗地裡卻經營贓車買賣。我跟店員說，當時站在門外的你，是一名記者，上星期有人檢舉，說他們這家租車公司，暗營贓車交易，結果，我們真在新莊找到地下解體工廠，也偷拍到不少他們老闆進出解體工廠的照片。今天會來，是因不巧前幾天，你的ＢＭＷ轎車被偷了，特地過來問看看，會不會正好在這？或在解體工廠？」

呂竟軒停頓了一下，再繼續說道：「然後，我再悄悄跟店員說，如果車真找到了，不但報紙不會報導他們的勾當，那些照片，包括底片，也都會全數奉送。等店員慌張打了通電話，一位理平頭、戴粗黑框眼鏡的魁梧主管，即剽悍嚴肅地走了出來，他跟我要照片看，我說，照片沒帶，想看明天見報。沒一會兒，主管便拿出車鑰匙說：『公司裡這輛ＢＭＷ最新、最好，車開走不用還了，但是照片跟底片，明天一定要交出來，否則，只要消息見報，或再食髓知味，那我保證，你們倆雙雙慘死的新聞，很快就會見報！』」

成庭當下被呂竟軒的話，嚇得頭皮發麻，一句話都說不出口，接著驚愕轉成憤怒：「你這傢伙，幹壞事還拖人下水！這下，我不但成了偷車賊、恐嚇犯，還變成一名卑劣可惡的記者！還有，哪來的照片跟底片呀？你明天拿什麼給人家？」

呂竟軒對成庭的話頗不以為然：「哼，如此輕整他們，是因為我懶得再浪費時間。不過，他們的贓車能得我們徵用，可是他們無上的光榮啊，倘若日後知道我們給了他們這麼難得的贖罪機會，定會悔不當初，自責當時為何沒把握良機好好感謝我們。至於照片跟底片，本來就沒有，所以不存在還不還的問題，反正，只要沒消息見報，我們也不再上門，區區一輛BMW，小CASE啦。」

成庭不服，想再爭辯，卻不敵呂竟軒一聲喊話：「快上車，車隊要離開了。」

❖

吳孟辛在數名皆金黃老鼠尾，模樣像少林武僧，但不知真假的高大和尚護衛下，一路雙手合十，緩步前行，熱情喧嘩的群眾，彷彿慢慢拉開的拉鍊，紛紛自動後退，直至他走抵大馬路，驀地迴身鞠躬後，便轉身鑽進早恭候一旁的黑色賓士車裡。

成庭一路跟蹤車隊，上了高速公路才開口：「他幾歲了？」

「你不是記者嗎？怎會問我咧？」坐在副駕駛座閉目養神的呂竟軒，回話時依舊閉著眼，讓成庭覺得很不受尊重。

「喂，我可不是你請的司機，別欺人太甚啊。」

「好，愛生氣的大記者，小弟這就跟您報告——吳孟辛這老狐狸已經七十三歲了，是不是一點都看不出來？」呂竟軒突然轉過臉，睜大眼，抿嘴微笑，故作無辜可愛狀。

「真的？你沒糊弄我？他看起來頂多五十幾呀。」

「這老狐狸，深藏不露的東西可多著呢，年齡，只是其中最微不足道的一項。」呂竟軒轉回頭直視前方，表情變得嚴肅認真，教成庭不自覺地乖乖閉上嘴。

❖

車隊在苗栗下高速公路，一陣東繞西拐後，才駛進道路蜿蜒的山區。

「夥伴，進入山區後，可得更小心開車喔。」呂竟軒的叮嚀，聽起來不太像在關心成庭，反倒像比較在意剛騙到手的名車。

「奇怪，九年後你明明會開車，現在不開，是因為還沒學嗎？回去以後記得趕快去學，下次別想再叫我當司機。」

「沒下次了。」

沒下次了？成庭在心裡納悶了一下，正準備開口問話中含意之際，一輛從叉路竄出的白色ＢＭＷ，竟直朝他們攔腰撞來，所幸，呂竟軒似乎早預知有此突襲，即在來車車頭，離他們車身約只剩一公尺時，沒理會成庭的失措，直接橫奪方向盤的操控權，從旁猛力且迅速地扳轉方向盤，以致他們的座車，在路幅狹促的山路上，宛若陀螺驚險連轉，而第一轉，不僅讓他們瞬間閃過襲擊，也順勢以車尾回掃，直接將對方掃翻，一路翻滾，最後嵌進路樹叢裡。

成庭愣在座位久久不動，待他回神，即從車內後視鏡瞥見，在漸散的煙塵裡，有人從白色ＢＭＷ爬出，呂竟軒不待他反應，立刻催促：「別理他，我們快追不上吳孟辛了。」

呂竟軒的話像指令般，一說完，成庭馬上聽話地踩下油門重新上路，過了半晌，他才像忽然想到什麼似地囁嚅道：「剛剛怎麼回事？我們被發現了嗎？」

「別想太多，那個人可能是醉鬼。」

「如果不是呢？他會不會是吳孟辛派來的？」

「即便是，難道就不繼續跟了嗎？你要知道，錯過這次，再等吳孟辛現身，不曉得要到何年何月。」

「難道你沒事先預知到這件事？」

「拜託，你真當我是放映機，隨時可快轉倒帶，什麼事都能事先預知？」

「那，你到底會不會開車？」

「我有說過不會開車嗎？」

「好啊，搞半天，你真把我當司機！」

「老大，我本來的確會開車，但在我靈魂重新歸位之後，可能因為親身體驗過車禍慘死，變得不敢再開車。」

呂竟軒的喪氣樣，看得成庭不由發噱：「哦，是嗎？那我怎麼沒受影響？難道我死得還不夠慘？」

「誰曉得。」呂竟軒聳了聳肩，接著又閉目不語。

❖

沒多久，成庭終於再度看到車隊，心情才放鬆沒三分鐘，一排路樹突從眼前山壁陸續砸下，成庭雖已急踩煞車，仍難逃迎頭撞樹的厄運。

在失去知覺前，成庭聽到了一連串的聲音——吱嘎的煞車聲、轟隆的撞樹聲、啵砰的安全氣囊爆破聲、嘎嘣的儀表板破裂聲、喀吱的骨頭碎裂聲……也嗅到鮮血、汽油和煙塵相混的氣味，以及感受到教人魂飛魄散的劇烈疼痛。

剛剛好像沒聽到呂竟軒的聲音，他會不會睡得太沉啦？難道我們就這樣，再死一次？意識消失前，成庭如是想著。

意識火苗再次燃起的當下，成庭並未像九年後車禍魂魄離身時那樣，目睹自己滿臉是血的夾擠在變形扭曲的車體裡，也沒有再一次看見那團引領他穿越時空的炫目白光，他只感覺到自己正被一層層的漆黑包裹著。

❖

突然，來自臉頰、額頭和下巴的熱辣撕扯感，讓成庭明白，這回車禍沒奪他命，但臉花了，接著，從腳部斷續傳來的劇烈抽痛，令他再進一步意識到，腳應該也斷了。不過，無論他多麼想起身，儘管只是像動動手指頭，或微微睜開眼這類的小動作，試了許久，皆徒勞無功，漸漸地，意識又開始模糊，彷彿置身在暗穴黑水裡，不但已感覺不出黑水是溫是冷，甚至連自己是浮在水面，抑或緩緩下沉也全然不知，生死界限再次不清不楚，一切盡是混沌隱晦……

❖

西元一九九六年三月九日　花蓮縣

「該醒醒啦，PARTNER。」之前，成庭很討厭呂竟軒那吊兒郎當的聲音，但此刻聽來，不僅驚喜，還感動莫名，因為，這就是生之呼喚。接著，以這股感動為助力，成庭終於有力氣慢慢打開眼睛，看到呂竟軒從失焦暗糊的人影，漸漸清晰明亮，教他就像溺水人見到浮木，忽有獲救重生想哭的感覺。雖然，呂竟軒輕鬆狡黠的表情依舊，但一道道被黃光勉強撐亮的血痕，和盤踞在微腫瘀青的臉上那些剪貼得像違章建築的粗陋紗布，都讓他此刻的臉看起來，有種哭笑不得的滑稽與脫離現實的突兀感。

「喂，你怎麼啦？怎麼一直盯著我看，該不會撞傻了吧？」呂竟軒伸手摸了摸成庭額頭：「如果你真被撞傻了，那很抱歉，別怪我現實，傻子對我沒用，只能丟下你不管了。」

原本蓄積在成庭心坎裡的滿滿感動，就這麼一下子，被呂竟軒的蠻橫言詞戳得蕩然無存，隨之而起的，是防衛與不滿：「誰撞傻了？我只是看到你的臉覺得好笑，想笑又不好意思，正憋著難受。」

「嘿，你笑我的臉？還真不知誰該笑誰咧，真是五十步笑百步。」

聽呂竟軒這麼一說，成庭的臉才剛笑開，隨即被布滿整臉的撕裂痛楚，揪得哀叫一聲。

等疼痛漸消，成庭這才努力撐起上半身，再迫不及待地環視周遭，他發現關住他們的，是一間約九坪大的水泥屋，裡頭有一盞昏黃的三十瓦電燈泡，四面無窗的高牆，一扇沒門把和鑰匙孔的平板水泥門，三百二十四塊方正龜裂的石板，以及兩張窄床，和一套毫無遮掩的衛浴設備。

「這裡是道觀的監獄嗎？」

呂竟軒沒理睬成庭的詢問，反倒雙腳一攤直躺進窄床裡，成庭見狀，氣得大吼：「你到底想幹麼？依你的預知能力，應該早就知道我們會被抓，對不對？快告訴我，你到底在想什麼？為何事到如今，都攸關生死了，還不願意讓我知道，你接下來要做什麼？這算什麼夥伴？」

呂竟軒姿勢依舊：「你也有預知能力，為何不用？又沒人攔你，不就是因為你怕死，又懶，不是嗎？」

呂竟軒接著緩緩交叉雙腳，再慢慢以雙肘枕頭，擺出一副即使傷重，姿勢仍得酷帥的欠揍模樣：「不過，我現在，倒是可以跟你說實話，我們這次跟蹤吳孟辛，之所以要租車，是我不想撞爛你的車，也擔心你車上的配備不夠安全，害我們傷得太重。」

「所以，你早知道我們會車毀被抓？說撞我們車的人是醉鬼，也是騙我的？」成庭怒火中燒，即將爆發。

「不如此，我們怎到得了這？」呂竟軒索性閉眼回答。

「難道就沒有別的辦法？」呂竟軒這種像飛蛾撲火的計畫，教成庭實在難以接受。

「那你告訴我，你有什麼更好的辦法？吳孟辛會預知，任何辦法都難逃其法眼，像突襲的車與忽倒的樹，都是他早設計安排好的，若不將計就計，我們怎可能到得了道觀？」呂竟軒依然閉眼說話。

「可是，如果我們就這麼死在車裡，或者傷重沒人理，那我們豈不白死白忙了？」成庭無法置信，自己居然會當瘋子的夥伴。

呂竟軒猛然挺身坐直：「這是預知大車拼——因為，除了接觸式的預知感應稍可控外，一般預知的呈現，皆是片段、非自主的，我和吳孟辛，都只能被動去接收和解讀，因此，它的廣度、深度和時間點，都會影響我和吳孟辛對整起事件如何推演的判斷，最後誰輸誰贏，關鍵可能只在於，運氣的好壞或一念之間。我當然不可能知道，吳孟辛怎麼解讀他的預知，但我的預知既已明確告訴我，我們不會因車毀而人亡，也會順利來到道觀，那我自然放心大膽地跟著預知走，不管它要我怎麼演，我照演就是，所以，目前的結果，我很滿意。」

「滿意？被關在這等死，你滿意？你想死，我可不想！」語畢，成庭便急著想箭步至水泥門前找生機，沒想到，卻立刻被他忽略的腳傷以天崩地裂般的劇痛拉倒回窄床裡。

呂竟軒在成庭痛苦地抱腳呻吟半晌後，才微跛著右腳走到他床邊，再彎身在其耳畔細聲道：「你要知道，我們並不是被孤孤單單地關著，在這特製的水泥屋裡，到處都隱藏著監視和竊聽設備，接下來，該是我們好好表現的時候。」

痛得直沁冷汗的成庭，聽了呂竟軒的悄悄話後，即開始不安地張望，還輕嚷道：「動物園裡的猩猩，再怎麼聰明靈活，都還是被關的猩猩，表現再好，皆徒勞無用。」

呂竟軒旋即微笑：「還好我不是被關的猩猩，我是受困的超人。」

❖

「首先，你得讓腳傷快速好起來。」呂竟軒的話教成庭難以理解。

呂竟軒看成庭怔怔地望著自己，不禁搖頭：「你真撞傻啦？忘記怎麼使用始力了嗎？」

呂竟軒手指自己被石膏裹護的右腿：「我原本的腳傷，可不比你輕呀，現在你看，已好了大半，能輕鬆站立了，這就是先前我運用始力自癒的成果。」

「我約莫比你早兩個小時醒來，看到你我渾身貼滿紗布，便暗揣吳孟辛這老狐狸會救我們，還幫我們包紮傷口、接合裂骨，為的應該是想觀察我們，想知道我們的能耐如何。而且，他這麼做，除了好奇之外，一時尚難論斷我們對他是利或弊，應該也是重要原因。」呂竟軒在成庭耳邊，仔細地輕聲分析起當前的處境。

「他有預知能力，怎麼可能不知道我們是利或弊？」成庭也在呂竟軒耳畔小聲回話，但話才出口，便覺自己好像太武斷。

「你也有預知能力，那你覺得我們的合作，是好事？還是壞事？」呂竟軒邪邪的笑臉再現：「如我方才所言，一般預知看到的，都只是片段的畫面，並非全貌，根據片段的畫面，去判斷事件的演變，就像瞎子摸象，很容易走偏而看不清事件本身，若能邊觀察邊彙整，直至蒐羅足夠的情資，整個事件的輪廓，才可能大致呈現，狡猾精明的吳孟辛，想必也懂得這個道理。」

成庭馬上從呂竟軒的推論，找到其言行矛盾處：「那你一口咬定，吳孟辛是老狐狸，是壞人，是不是也太鹵莽偏頗，同樣犯了瞎子摸象的毛病？」

呂竟軒不以為意地在成庭耳邊輕聲反駁：「他是不是壞人，從他過去的作為，與現況的蛛絲馬跡就能判斷，根本無須浪費我的預知能力。」

在呂竟軒從旁提點協助下，成庭終能以始力，來加速強化人體與生俱來的自癒再生能力，讓腳骨、肌肉與皮膚傷處，皆以驚人的速度復原，慢慢地，約莫兩個小時過後，他的腳傷便不再傳出隱隱的抽痛。

❖

「接下來，我們得快想辦法離開這間水泥屋。」呂竟軒話一說完，即自顧自地摸起牆來。

「你在幹麼？你真以為牆裡會藏機關？這未免太老套了吧。」成庭望著認真摸牆的呂竟軒背影，忍不住揶揄他。

「你這傢伙，到底是真蠢，還是假笨！你真看不出，我為了搜尋機關所在的線索，正利用預知能力，碰觸這裡的每一分、每一寸？只要之前被關在這裡的人，曾經找到機關逃離過，那我們自然也能以同樣的方法逃出去。」呂竟軒頭也沒回一直摸牆，像在自言自語。

「萬一，從來沒人逃出過呢？」成庭冷冷地回嘴。

「你覺得，吳孟辛會費勁救了我們，再打算把我們關死在這，有人會這麼無聊嗎？」接著，呂竟軒便回頭喝斥成庭：「別盡窩在床上當大爺，快叫醒你那早睡翻的預知能力，幫忙摸摸牆、探探地吧。」

被這麼一說，成庭只好怏怏離床，然後，微跛著腳，再緩緩彎身以掌觸地。

突然間，在成庭腦海裡出現許多交疊的半透明人影，他們有男，有女，有高，有矮，有胖，有瘦，有老，有少，但全都跟他做一樣的動作——呂竟軒的猜測沒錯，原來，這間水泥屋實際上就是，吳孟辛用來觀察探測魂歸者能耐的試煉室，只要之前的人，真找到過出去的辦法，那他們只須依樣畫葫蘆就能逃出生天。

於是，成庭也開始認真地摸起水泥屋裡的每一塊石板和每一寸牆，霎時，在他眼前有數不清的半透明人影，在那來回穿梭，他們時而摸牆，時而觸地，直至他摸到一塊位於牆邊的石板，數人使勁併掌強壓石板的畫面，即倏忽浮現，然後下一秒，半透明的水泥門便冉冉升起……

「喂，你快來摸摸這塊石板！」成庭得意地對呂竟軒的背影高嚷。

很快地，呂竟軒在蹲身輕觸石板後，原本半信半疑的表情，立刻換成狡黠的笑臉，接著，還重拍了一下成庭的肩膀：「運氣不錯喔。」

❖

既已找到開門石板，呂竟軒就開始一一撕下臉上的紗布，成庭當然明白他想帥氣見人的自戀心態，但看他一臉是傷的清淨悲壯，再想像自己滿臉紗布的猥瑣矬樣，索性也跟著撕下紗布，即使好幾次不小心碰到傷口，成庭都咬牙悶聲撐住，最後，他們索性連裹腳的石膏也一併拆下。

「一、二、三！」成庭和呂竟軒同數到三，齊以始力併壓石板，石板在發出「喀」的一聲後，緩緩下陷，沒多久，在他們右前方數步遠的水泥門，也跟著發出空窿聲慢慢升起。

呂竟軒就這麼默默望著水泥門徐徐升至約莫半個人高，門外閃爍的燈光也變得愈來愈亮時，才有感而發地喃喃道：「你看，幸好我們合作無間，否則，這道只有大砲才轟得破的水泥門，恐怕就是你我兩人共用的巨大墓碑了。」

水泥門終於整個收進水泥屋頂部，成庭和呂竟軒相視而笑，在幾乎同時舉臂拭汗之後，他倆先後起身，再微跛著腳，緩步直朝洞開的水泥門走去。

呂竟軒先一步趕至門邊，方伸頭一望，即猛收已露門外的上半身，再速速回頭對成庭瞠目驚嚷：「這老狐狸在耍我們！」

語畢，呂竟軒便急拉成庭的手，一起跛腳奔回窄床。

成庭才想甩開呂竟軒，罵他發什麼神經，好奇回頭，即見幾十條不同種類的鮮豔毒蛇，像在場外久候等得不耐煩的觀眾般齊衝進場，嚇得他不得不也跟著呂竟軒拚命奔逃，最後再忍痛蹬上床墊高喊：「原來，水泥門開不得呀！現在怎麼辦？」

就在成庭和呂竟軒仿若兩名被逼至死巷的敗兵，慌亂地背抵牆站在床墊邊緣的同時，門外毒蛇始終源源不絕地趕來看戲，直到後來，甚至連蟒蛇都出現了。

但奇怪的是，這批蛇蟒大軍像受過訓練似的，盤據到床腳即打住，沒有一隻有進一步騷擾侵襲的動作。

呂竟軒很快看出端倪：「你看，這些蛇一定都被吳孟辛操控住始力，這隻老狐狸現正興致高昂地大方給時間，等著看我們如何破解他出的難題。」

「時間？你是說，只要時間一到，這些蛇就會一擁而上？」成庭驚覺，呂竟軒的發現，揭示了他們的處境恐怕會變得更糟。

「還記得我跟你說過，你是魂歸者的天敵嗎？現在正是你好好表現，使用斷力一口氣切斷始力操控的時候。」呂竟軒小心翼翼地在成庭耳邊低語。

成庭不禁茫然轉頭輕問：「阿青只教我斷術，又沒教過我斷力，你叫我如何使啊？而且，那時的對象，是三條狗和一個人，哪像現在有數不清的毒蛇呀！」

「PARTNER，難道你忘了上次，為了阻止我操控趙冠英自殺，你已成功使過一次斷力？」

「那是瞎矇上的。」

「不管了，有一就可能有二，你趕快回憶一下當時的感覺……」成庭接著在呂竟軒的引導下，心臟開始狂跳，意志也緩緩集中。

突然冷不防地，呂竟軒在說完「然後，再試試重溫一下最最危急的情境」這句話之後，竟猛推成庭後背，害成庭踉蹌前撲，整個人就這麼趴在床墊上，緊接著，當成庭鼻尖離一隻青竹絲約莫十公分，而青竹絲因驚嚇正要本能攻擊之際，呂竟軒再飛快彎身急抓成庭腰部後拉，好讓成庭及時躲過蛇吻。

然而，早在成庭與青竹絲四目對峙的當下，成庭的恐懼、求生與反制意志，便已自其急遽收縮的瞳仁狂烈釋放！是故，在成庭被呂竟軒拉回牆邊之後，他們立刻發現，原本殺氣騰騰舉首拱頸的蛇蟒大軍，全都已癱軟下來，就跟那三隻狗兒與年輕人的狀況一樣，這樣的場景，讓成庭對自個兒的斷力將來能發展到怎樣的恐怖程度，從此有了可供參考的畫面。

❖

「你這傢伙，真以為害死人不用償命嗎？」使完斷力，還有點頭暈目眩的成庭，在驚魂甫定之後，對呂竟軒剛剛推他入蛇坑的粗暴自私行為，仍難釋懷，儘管他知道，不這麼做，兩人只有死路一條，但嘴還是擋不住氣話。

「當然不是，PARTNER，都怪我太貪生怕死，委屈你了，沒有你方才的捨身相救，現在的我，可能還貼在牆上，直在那發抖、祈禱、等死……」呂竟軒話說一半，蛇蟒大軍忽有動靜，牠們慢慢地先一隻隻調頭，接著，便一整群地朝門口爬去，沒多久，水泥屋恢復原狀，滿屋毒蛇的場面，就像噩夢一場。

「接下來呢？」一陣靜默後，成庭忍不住問。

呂竟軒聞言即閉眼側耳，一會兒功夫後，他的耳朵終於像雷達般偵測到敵蹤：「你仔細聽，有古箏琴音，是〈十面埋伏〉。」

成庭跟著運起始力，很快也聽到〈十面埋伏〉。

呂竟軒睜開眼：「這是邀請，我們已經通過測試。」

「走吧。」沒等成庭回應，呂竟軒即逕自離床。

「喂，我們是不是該先商量商量，就這樣衝出去，不太好吧？」成庭邊喊，邊小心挪腿，並在心底嘀咕——呂竟軒這傢伙，老愛搞神祕，說不定他早又預知到什麼，總是獨斷獨行，從不跟我商量，究竟要容忍他這樣的行徑至何時……

成庭微跛著腳走出水泥屋，便見一條在遠處左拐的長廊，一長排忽明忽暗的日光燈，雖足以照清長廊淨爽的石板，但他還是東瞥西看地試圖找出蛇蹤。他想，剛剛滿屋的蛇群，怎可能這麼快就消失得一乾二淨？難道剛剛有人躲在門後，拿著超強、超大的吸塵器見蛇就吸？

呂竟軒若有所思地停駐在長廊的左拐處，待成庭一到，他才繼續跛腳前進，並難得嚴肅誠懇地丟出一句話：「待會兒，不管你看到什麼，都得沉住氣。還有，你一定要相信我，請切記。」

「一定要相信你？你為何這麼說？」成庭還真不習慣呂竟軒這樣說話。

「很快你就會明白。」不待成庭再發問，呂竟軒便加快步履自顧自跛行，成庭見狀，只得惶惑不安地悶悶跟上。

❖

長廊左拐後，成庭他們又轉了兩次彎，直到望見一扇暗赭鐵門，便猜那定是出口。於是，呂竟軒向前用力一推，一大片青蔥幽靜，宛若世外桃源的秀麗風景，即在他倆眼前驚豔展演——午後陽光將波光粼粼的人工大湖，照映得像面會發光的鏡子，圍繞著它的青翠人造山丘，巧奪天工，與繽紛繁茂的叢樹，不知已濃情對望了多少寒暑，天上浮雲三三兩兩，時而變換姿勢，就像自戀天神的化身，正瞥望湖鏡搔首自照。

成庭他們沿著湖邊砌石路跋行，翻過斜坡，一條蜿蜒進樹林，彷彿沉睡綠龍的九重葛綠籬陡現眼前。通過綠籬進入樹林，他們馬上就被一個花木扶疏、鳥語花香的大花園震懾住，他們實在難以想像，在這深山道觀裡，竟會有如此規模盛大且設計雅緻的花園，這說明了吳孟辛，若不是愛花成癡，便是個好大喜功之人。

雖然各式各樣一路爭豔的花朵，恍如環肥燕瘦婀娜多情的各色美女，紛紛在那妖嬈弄姿，企圖吸引成庭他們的目光，但此刻的他們，無暇也無心駐留，只得暫閉感官，快步前進，直至穿過花園，他們立刻發現，古箏琴音已毋須運用始力就可隱約聽聞。

循著樂音，在經過數道精刻巧繪飛龍舞鳳，猶如巨型加長版黃袍龍袖的長廊，與數間雕梁畫棟的穿堂之後，成庭他們最後即一腳踏進，一座宏偉細刻雅緻圖案散發濃郁木香的檜木門裡。

門內天頂高聳，層層疊疊的梁木精雕細鑿，再加上金漆與色彩的巧妙運用，讓細膩繁複的結構更顯金碧輝煌。天頂之下，幾道雄偉龍柱，氣勢磅礡，好似下一刻就要直衝雲霄。而坐踞其間的三尊成庭他們從未見過的不似神佛巨像，此刻更宛若法力高強的巨人，正睥睨藐視仿若土雞瓦狗的兩人。成庭他們就這麼邊引頸仰望，邊循琴音前行，逕至偏門跨入後，直行到底左拐數步，便見一扇虛掩的櫺框木門，隨手前推，原本蕭颯詭譎的古箏琴音，馬上戛然而止。

在偌大偏室裡，吳孟辛著米白精繡白龍長袍，坐在氣派長木桌的主位上，他雙手正懸在古箏上方，十指參差曲張，宛若操控傀儡戲偶的手。他慢慢放下手，然後抬起笑臉睇視成庭他們，其左右還各站一名年輕高瘦與壯年矮胖的隨從，他們表情肅殺，雙眼圓睜，像是對成庭他們早恨之入骨，急欲殺之而後快似的。

然而，此刻在成庭的視界裡，吳孟辛和其他人都像透明人一樣不存在，只有圍坐在長木桌旁的兩名陪客，讓他一時忿駭莫名，愧疚難耐——怡宣和麗伶，居然真如呂竟軒先前的預知被捉來道觀！

怡宣和麗伶各坐在左右兩側的太師椅上，她們皆蒼白著臉，眼含著淚直瞅成庭，人魚尾和貓尾全死氣沉沉地癱捲在地。而上次碰面狼狽猥瑣，現在卻一副風流倜儻模樣的趙冠英，是在場的另一名陪客，他不但歪頭斜眼地坐在怡宣左側敵視成庭他們，長長的老鼠尾，更是囂張刺眼地高舉著，且不停在那挑釁搖晃。

成庭的心，在乍見怡宣和麗伶的剎那，雖曾像被重拳驟擊胸口那樣，悶鬱揪痛得喘不過氣來，但已激憤難抑的他，根本忘卻前不久呂竟軒的囑咐，一心只想衝上前救人，幸好呂竟軒先一步預知感應到狀況，即快步擋其身前，並回頭輕聲安撫：「請相信我。」

呂竟軒才微瘸著腳向前幾步，吳孟辛身旁的隨從，便像訓練有素的狼狗，馬上握拳傾身，做出預備攻擊的動作，但吳孟辛隨後發出的輕咳聲，就像哨音般，立刻止歇了兩人的蠢動。

呂竟軒接著攤開手嬉謔道：「喲，人都傷成這樣，也被你們抓來這了，還怕我們喔？」他各望怡宣和麗伶一眼後，再馬上說道：「不殺我們，卻抓無辜的人來當人質，這可有失大師的風範啊。」

「請別誤會，怡宣和麗伶小姐，可是我特地邀來的貴賓喲。」吳孟辛笑臉依舊。

「貴賓？我可從未見過臉色如此蒼白憂懼的貴賓。」

事實上，怡宣和麗伶在被吳孟辛手下捉來道觀後，兩人便像兩門性能優越的連珠大炮，不停轟炸痛罵吳孟辛，吳孟辛原想以冠冕堂皇的理由來矇騙她們，但說沒幾句，即被怡宣拆穿，接著又是兩人一長串的猛轟，吳孟辛索性操控始力封住她們的嘴巴，再明講，成庭的生死在他手裡，他的耐性，可禁不住她倆無盡謾罵的消磨。

呂竟軒懶得再拐彎抹角：「吳大師，你既已驗證了我跟成庭的能耐，又親彈〈十面埋伏〉召我們來此，你應該是有話想對我們說吧？」

「來，別急，請坐，先喝茶。」吳孟辛話才說完，呂竟軒跟成庭的手腳，竟自顧自地前進，然後再自動拉開椅子坐下，頃刻間，呂竟軒跟成庭神情變得慘白，而在這份慘白裡，除有一點點的原因，來自傷腳當沒事大步走害疼之外，真正令他們驚駭的，是吳孟辛居然可以如此輕鬆地操控他倆始力！這種手腳自個兒作主牽著腦袋走的感覺，不禁讓成庭想起阿青——阿青現在在哪？他會來救大家嗎？阿青說，像他們這樣的人，是無法操控彼此始力的，即便上次是成庭誤會了呂竟軒，那這次呢？吳孟辛怎可能有此能耐？

同樣地，呂竟軒也不由納悶——他現在，一次只能操控一名凡人始力，沒想到吳孟辛，竟有辦法同時操控兩名魂歸者始力，這到底是怎麼辦到的？

接著，六名搖著綠紅相間鸚鵡尾巴的女侍，紛從門外魚貫進來，她們先恭敬地撤走古箏，再一對一動作俐落地將茶具點心擺妥，隨後慢慢斟茶，最後才行動一致地鞠躬退下。

「你最後對蛇群使的那招，是什麼？像斷術，但又不是。」吳孟辛在喝下第一口茶，沉默半晌後，才陡地開口，此時，他笑容盡失，注視成庭的眼神，銳利萬分。

當下，只有呂竟軒跟成庭知道，吳孟辛在說什麼，呂竟軒不待成庭回應，便搶先道：「我們管它叫『斷力』。你是害怕成庭的斷力，還是跟我一樣，愛死了他的斷力？」

早在一旁冷眼旁觀的趙冠英，已經等得不耐煩，急著插嘴抗議：「吳老，呂竟軒這小子，把我害得那麼慘，到現在，你怎麼還任他在你面前耍嘴皮子，你應該立刻教訓他先幫我出口氣才對！」

「你這衣冠禽獸，那天沒讓你早早跳樓，實在太便宜你了，看我現在，如何好好補償你！」呂竟軒想撲身揮拳，最好是一拳就能擊昏趙冠英，免得在此緊要關頭，還要聽這雜碎在那大放厥詞，但他的手，就像個無動於衷的旁觀者，始終動也不動地冷冷趴在長木桌上。

呂竟軒當然明白，自己手腳的始力，依舊被吳孟辛牢牢操控著，不過，他在此時猛然發現，全身上下除了嘴巴，其實他的眼睛，同樣也是自由的，於是，他馬上睜大眼怒視趙冠英，然後緊盯住其老鼠尾巴，趙冠英驚覺不妙大喊：「你想幹麼？」

就這樣，被呂竟軒掌控住始力的趙冠英，便開始用力詮釋一段，教人看了會著實替他雙腿喊疼的表演——趙冠英先站上椅子自掌嘴巴，清脆十響後，就直接跨上長木桌，接著，他一路把滿桌的茶具點心，踢翻掃倒，直至走抵木桌的另一端，背對大家的趙冠英即猛然後仰，連續做出好幾個俐落完美的後空翻，可惜木桌不夠長，在他後空翻到第五轉時，便飛出長桌，結果落地後的第二轉還轉不到半圈，兩腿就硬生生直撞牆面，清脆的骨裂斷折聲，懾人心魄，致使接下來的鴉雀無聲，變得突兀又殘忍。

吳孟辛臉左偏，下巴輕提，示意右手邊壯年矮胖的隨從，立刻上前檢視已陷昏迷的趙冠英傷勢。

矮胖隨從手放趙冠英額頭，再從頭到腳來回看了三遍後，即像電腦斷層掃描一樣，很快報告傷者受創細節：「右腳掌碎裂，左、右小腿骨折，左膝蓋脫臼骨折，右手臂脫臼，脾臟內出血，第二節頸椎受傷，牙齒掉四顆，中度腦震盪，其他，還好。」

矮胖隨從神醫般的表現，教呂竟軒與成庭不得不仔細觀察他，果然沒長尾巴，也是位魂歸者，專屬他的超強能力，應該就是透視人體，想必另一名年輕高瘦隨從，也是另具奇能，在這裡，到底還有多少位魂歸者？

幾名都長著墨綠鼠尾的男侍，在矮胖隨從指導下，先拿夾板和護頸，固定好傷手、傷腳及脖子，跟著以擔架抬走趙冠英之後，前一批女侍，才緊接著進來清理雜沓狼藉的場地，然後，之前的專業動作，再重來一遍。

一切回歸初始，原班人馬就這樣少掉吵人又礙眼的趙冠英。

「好啦，餘興節目結束，該談正事了。」吳孟辛的笑臉又回來了。

「你剛剛為何放任我修理趙冠英？他不是你金主的兒子嗎？你不怕從此斷了金脈？」呂竟軒真是氣昏了，事後才意外吳孟辛竟沒攔阻他。

「或許，在幾年前，我會出手，但現在，趙家沒我，萬事難成。」吳孟辛的笑臉變得詭譎：「再說，我看不慣趙冠英這敗家子，已好一陣子，早想教訓他，今日由你出手，正好，反正你們之間的恩怨，也沒多差這一樁。若他醒來問我為何旁觀，我只須說，鎖死肢體，讓你們動彈不得，我行；但操控眼睛，我可沒辦法。最後，我還會再補上一句——誰叫你倒楣，正好坐在他對面。」

魂歸者的眼睛沒辦法被操控，是真的嗎？問題是，魂歸者又沒長尾巴，別說眼睛，光手腳，呂竟軒就不知該如何操控。值此同時，成庭除了難受地望著怡宣跟麗伶，也在心頭自問——到現在，我連操控一般人的手腳都不會，更遑論去操控魂歸者了，像我這麼弱，還想解救怡宣她們，豈不像癡人說夢？

「你真的操控不了我們的眼睛？」呂竟軒乾脆把疑慮丟出來。

「這問題，我不想回答。」吳孟辛收起笑臉，接著說：「別再浪費我的時間，快說出你們跟蹤至此的目的吧。」

「我們只是傻傻地一路跟著預示走，並沒有其他什麼目的。」呂竟軒雖一本正經地回答，但成庭不認為吳孟辛會相信他說的話。

「奇怪，我們的大記者怎麼啦？怎麼從頭到現在，都沒聽你說過半句話？」吳孟辛似乎不想繼續跟呂竟軒纏鬥。

「你把他的愛人全抓來，還想要人家怎麼好好跟你說話？要不是我勸他忍住，授權我發言，你這，恐怕早被他掀了兩翻。」呂竟軒再代成庭發言。

「哦，是嗎？」吳孟辛微笑地斜睨成庭一眼。

吳孟辛喝了口茶，再清了清喉嚨：「你們兩個，一個預知強，一個斷力猛，至於還有沒有其他什麼了不起的能力，我倒尚未看出，不過，對我來說，若能納為己用，當然如虎添翼。猶記前陣子你們出現後，每次浮現在我腦海裡的預示畫面，只要和你們相關，都會出現兩種版本，這是前所未有的事。之前，本想除掉你們，省去麻煩，直至我預知到怡宣和麗伶小姐，便想機會來了。」

「既然你們說，來找我，是跟著預示走，沒什麼特別好惡。那好，顯然這是巫神行的神蹟，是祂要你們來幫我完成大業的！」吳孟辛的雙眼，忽然閃爍起光芒。

「完成大業？是怎樣的大業？」呂竟軒終於知道為何來這。

「嗯，等你們考慮好要幫我了，我自然會告訴你們。」吳孟辛笑瞇瞇地賣起關子：「給你們三天時間好好想想，順便養傷，到時，還有場小小的考驗等著你們，可別讓我失望啊。」

吳孟辛準備離開，怡宣和麗伶的太師椅，則各被左右兩名男侍前後以長桿撐起，呂竟軒見狀連忙急喊：「喂，人性點好嗎？好歹讓她們兩位和成庭說說話！」

吳孟辛緩緩回頭，接著陰沉一笑：「過關之後再說。」

真仙

成庭跟呂竟軒在隨男侍進客房後，便始終沉默不語。他們知道這客房，不過是另一間牢籠，裡頭一定又是監視、竊聽器具無所不在，是故，在想到具體對策前，審慎地以靜制動，絕對是他們當前最明智妥切的應對辦法。

在床上閉目養神久了，呂竟軒即不知不覺睡去，但躺在另一張床的成庭，則一直輾轉反側。

對怡宣跟麗伶安危的憂懼與歉疚，此刻正像強酸猛烈侵蝕著成庭的心，儘管他身上的舊傷仍隱隱作痛，但比起急遽加重的心傷，已顯得微不足道。他想，吳孟辛的始力運用已出神入化，再加上，不知還有多少身懷絕技的魂歸者為其所用，現下他和呂竟軒，不但一點勝算都沒有，恐怕連多做點什麼，都會再多拖累到怡宣她們。

想到這，成庭不由氣憤起呂竟軒，沒想到此時，他竟能這般事不關己，無憂無慮地安然入睡，好像他早胸有成竹，認定一切都會按照預知進行，沒啥好擔心的。問題是，呂竟軒什麼都不早說，像怡宣跟麗伶真的被抓這件事，呂竟軒應該在水泥屋外長廊左拐處等他時就知道，卻不早點明說讓他有心理準備，非要等事到臨頭，才叫他忍這信那，就像不說附近有毒蛇，等人被咬了，才說，沒事，請相信我，我這有血清。

儘管理智告訴成庭，即使提前知道，只要阻止不成，事情一旦發生，心裡也不會變得好過些，但總覺得，出生入死的夥伴，在第一時間隱瞞狀況，對自己即是種不信任與輕蔑，難道他做事，這麼不讓呂竟軒放心？不過，捫心自問，從靈魂重新歸位到現在，他的表現也真是差勁，哪能怪別人不信任自己？

再仔細回想，雖然先前，成庭已千叮嚀萬囑咐麗伶跟怡宣，也找了老胡幫忙，仍舊沒能阻止她們被捉，這是因為——他太輕忽了呂竟軒的預知，甚至天真以為他與呂竟軒的合作會改變預知？還是，他的防範工作做得不夠全面與落實？抑或，就像是命中注定，無論他多麼努力，都將無法改變命運？

成庭就這樣，即便身體已疲憊不堪，但心靈，卻已深陷進無力救人的泥淖之中，惴惴不安，難以自拔，直到有個聲音告訴他——快睡，時機已到。

成庭猛地撐起上半身，東張西望，確定呂竟軒依然沉睡後，他告訴自己，那是幻聽，沒想到那聲音，居然回話：「我不是幻聽，我是阿青呀。這裡監視、竊聽器滿屋子，我不能現身，請你趕快暗觸胸口的幸運石，待會兒你我便能相會。」

成庭半信半疑地躺回床上，蓋上薄被，然後，藉由薄被遮掩，認真摸觸胸口的幸運石，很快地，睡意忽像一陣瀰漫迅猛的濃霧，一下子就將他的思緒，全一古腦兒地往下拖沉，再一路潛進夢鄉異境。

❖

成庭驚覺自個兒正在飄浮，直覺下望，只見自己好端端地躺在床上呼呼大睡，他隨即明白——恐怕是靈魂出竅了，這跟上回因車禍喪生，而魂魄飄飛的感覺相似，但心境卻大不相同。

成庭上飄的靈魂，很快就穿過屋頂直升月夜高空，但他不太適應像仰泳臉上背下的飄浮，索性凌空翻身，然後，把空氣當水，以蛙泳之姿划手踢腿，但等他想到，在高空擺這樣的姿勢，好像不怎麼好看，就又立刻縮手收腿，一時不知該如何擺動手腳。然而，奇妙的是，無論他姿勢如何變換，飄移始終持續進行，彷彿有套導航系統，從一開始的虛緩垂直飄浮，到後來的水平慢速移動，皆全程掌控，絕不讓任何狀況，影響他直往道觀後方人工大湖飄飛的路徑與速度。

過了一陣子，成庭便遠遠望見在湖面上站著三個人，其中呂竟軒跟阿青的身形，他再熟悉不過，剩下的那位，個小髮白，應該就是呂竟軒提過的護解師。

成庭好不容易才手忙腳亂地降落湖面，呂竟軒則像等候主角上場許久的觀眾一樣抱怨：「你終於來啦。」接著，他又針對成庭方才踉蹌的落湖樣毒舌：「才跟阿青說你進步不少，沒想到你剛剛進場的矬樣，害我的讚美全破功。」

「經歷了這些，你依然能耍嘴皮子，我真是服了你。」成庭沒好氣地抗議呂竟軒的一派輕鬆，同時心想——此時，我為怡宣跟麗伶擔憂的心，為何他不能稍稍感同身受一下？我自己是不是太一廂情願了？難道我跟他一起冒險犯難，他都當作是交易，對我沒有一絲絲的友誼？

「都靈魂出竅了，還這麼正經，你會不會活得太辛苦啦。」呂竟軒撇著嘴，一副不以為然的樣子。

「兩位，別吵啦。」呂竟軒的護解師突然開口。

個小髮白看似少年的護解師，先向成庭自我介紹：「我叫李白，也就是詩仙李白的那個李白。」這應該是他每次自我介紹，都會重播的台詞，成庭心想。
李白在看了阿青一眼之後，接著說道：「我跟阿青都覺得，你們的訓練已經完備，時機也已成熟，該是知道真相的時候。」
成庭和呂竟軒屏氣凝神，心想謎底即將揭曉，雖期待又有點擔心承受不住，沒想到李白竟輕描淡寫：「古書《山海經》，你們有沒有讀過？」
成庭和呂竟軒聽李白這麼一說，紛像丈二金剛搞不清楚狀況，不禁先後喃喃唸出：「《山海經》？」
「嗯，我曾向高中同學借來看過，那是一本內容非常荒誕的古書，裡頭怪物超多，還滿有趣的。」成庭勉強從模糊記憶中，拼湊出有關古書的殘跡掠影。
「大三時有一陣子，我相當著迷《山海經》，找了不少相關著作來閱讀。」呂竟軒難以想像李白所謂的真相，能跟《山海經》扯上怎樣的關係：「你提《山海經》幹麼？」
「好，非常好。」李白連連點頭，看似對成庭和呂竟軒的回答相當滿意，接著才像老學究低眉道：「《山海經》大荒西經裡有段文字——有靈山，巫咸、巫即、巫盼、巫彭、巫姑、巫真、巫禮、巫抵、巫謝、巫羅十巫，從此升降，百藥爰在。其中的十巫，就是你們的祖先。」
成庭馬上就李白所言，作字面解讀：「你說，我和呂竟軒，都是巫師的後代？」
「不，這實在是個天大的誤會！其實，十巫的『巫』並非職稱，而是一種介於人與神之間的特殊人種。」李白的說法，雖教成庭他們匪夷所思，但發生在他們身上的諸多怪事，早已消弭可供懷疑的空間。

「介於人與神之間的特殊人種？那是什麼？」呂竟軒不願再浪費時間猜疑，索性主動迎戰真相。

「類似一般人口中的『仙』，不過，凡人欲成仙，就算費盡心力，長年苦修，都不見得能得道成仙；而巫族，卻先天即具異能，是宛若仙人般的存在。」

李白像在緬懷往日榮光似的，在低頭無語一會兒後仰首道：「遠古巫人地位崇高，專司祭祀與醫療。而十巫，即為散居於巫山各處的十位巫人部族首領，其中的巫真，不僅異能陰邪，更是野心勃勃之輩，始終妄想當巫族統領和凡人共主。」

呂竟軒想插話，李白卻裝作沒看見繼續說他的故事：「巫真不擇手段地挑撥離間，終於引發巫族大戰，彼此報復殺戮長達數年，巫族數量因而銳減，最後，雙方決戰臨雲崖，經鬼哭神號、風起雲湧的三晝夜廝殺，巫真慘敗，孰料，見大勢已去的他，竟逆使離魂術。」

「離魂術？」

李白像在等到呂竟軒提問後，才滿意開口：「離魂術乃求死逆生之術，也就是施術者利用自戕求重生的祕法——施術者雖將魂魄催離肉身，以致肉體衰亡，但其魂魄，卻能從此恣意生存於未來時空，自由依附在任何物體上，而這物體，可以是顆石頭，也可以是個人。」

「所以，巫真打算在金蟬脫殼之後，在未來時空東山再起？」呂竟軒覺得真相的輪廓，已經愈來愈清楚。

「正是。所以當下，我和阿青便立即向巫咸請命，誓言非逮回巫真以杜亂源不可。」李白像對回憶有所感悟似地稍稍停頓了一下，接著再說道：「於是，我和阿青，運使轉魂術，脫離肉身，再利用時空尋跡之術，一路追緝巫真，而在這追緝途中，我們同樣也能將魂魄依附在任何物體上，無論人或物皆可。」

李白轉身凝望像在夜空裡急行軍的飄飛雲朵：「說到這，我得先說明一下整個巫族的演化狀況——原本巫人壽命長達千歲，突然，不知怎的，於黃帝時期，女巫人驟失生育能力，為延續命脈，男巫人只得開始與凡人通婚。不過，純種巫人儘管長壽，終究難敵歲月催逼，最後滅絕一個不剩。而存續至今的混種巫人，由於一再混血，巫血漸稀，異能轉弱，以致多數混種巫人終其一生，都不知道自己體內藏有異能。」

「混種巫人會發覺體內藏有異能，常見於瀕死經驗之後，此乃『死解』。然而，死解完成，若無護解師從旁導引，不僅容易走火入魔，且無論多麼努力，約莫只能釋解三至五成的異能。之前，即有不少死解完成者加入我們，幾經調教，異能皆可發揮至七、八成，無奈每回破壞完巫真詭計，總被祂乘隙逃脫，不過這回，他再也沒那麼好的運氣。」

「為何這次，你這麼有信心？」呂竟軒心想，之前已有那麼多的能人智士參與，都逮不到巫真，那他跟成庭何德何能，李白哪來的自信，認定這次一定會成功？

李白猛然轉身，再以興奮的表情望著呂竟軒：「因為，你跟成庭在九年後所遭遇的那場車禍死劫，已經讓你們完成了難如登天的『生解』！所謂『生解』，必須兩名非孿生，且曾近距離接觸過，於同年、同月、同日、同時辰生的混種巫人，在互為因果的條件下，同時、同地意外喪命，即『九重滅』之後才會發生，而這九重滅，乃記載於巫族祕籍古書裡的浴火重生之術，據我所知，能像你們一樣完成生解的混種巫人，已屬空前，相信將來恐怕也無人可及。」

李白緊接著說道：「生解完成的當下，你倆的魂魄，便會馬上各自回歸至雙方首次接觸的時刻，也就是時光會倒流，魂魄會飛回昔日的身軀。接下來，你們只須好好接受我們的指導，毋須多久，你們的異能除可百分百釋出，甚至還能倍數成長。總之，生解，是巫族重生之力的無窮解放；但死解，僅是巫族瀕死之力的有限開發而已。」

李白改盯成庭，眼神炯然晶亮：「尤其是成庭的斷力，比究極斷術還強大許多，這樣的異能，我還是第一次看到。」

成庭疑惑的雙眼，很快喚來李白的解答：「一般的斷術，只能對始力操控做短暫的干擾；而你的斷力，已強大到可瞬間切斷任何始力操控。請你回想先前幾次，在情急被動下所施展的斷力，哪次沒發揮強大的威力？只要接下來幾天，你們能專一心念，確切熟記我們的提點，不怠惰偷懶，努力練功，相信很快地，不管是吳孟辛，或他身邊的嘍囉，都將不會是你們的對手！」

「我才不相信。吳孟辛的能耐，我已見識過，而他的手下，恐怕也都各懷絕技，單憑我跟呂竟軒，怎麼可能鬥得過他們？」成庭眼裡的疑惑，已整個被恐懼取代。

「沒錯，單憑你倆，或許還鬥不過他們，但決戰日站在你們身邊的，除了我跟阿青，另有歷年來戰死在巫真手下的混種巫人魂魄。請別小看祂們，事實上，祂們不僅自身力量已千倍於凡人魂魄，祂們還有吸收聚合他種魂魄的能力，像飛禽走獸、山川草木的各式生靈精魂，以及飄零塵世的無數人類靈魂，皆可被其吸納。因此，請你們好好想想，有我們這麼一股巨大的力量，就一分為二地匯聚於你倆胸口的幸運石當中，隨時在支持你們，做你們的後盾，你們實在沒有再妄自菲薄的道理呀！」

成庭和呂竟軒的眼睛，頓時睜得老大，他們不約而同地，都低頭望了望胸口的幸運石。

李白微揚嘴角繼續說道：「其實，你倆會沒自信，除了實戰經驗太少之外，被先前吳孟辛輕易操控手腳的經驗嚇到，應為當下鬥志萎靡的重要原因。」

見成庭和呂竟軒皆沉默不語，李白便接著說道：「事實上，吳孟辛才沒有你們想像的那麼厲害，他只不過是能透過巫真來看見你們的尾巴而已。」

「什麼，我們也有尾巴！」成庭和呂竟軒幾乎異口同聲，隨即轉頭相覷。

「畢竟，你們非純種巫人，是巫人與凡人的混血，所以，你們也跟凡人一樣，都長有尾巴。然而，想要看到你們的尾巴，卻只能透過巫人之眼，也就是得藉由我們純種巫人的眼睛才有辦法做到。」

「透過巫人之眼？那要怎麼做？」呂竟軒彷彿已見到吳孟辛的尾巴，急得想一把抓住。

「跟我們『共化』，也就是讓我們附你們的身。」李白說得稀鬆平常，但成庭他們可聽得渾身起雞皮疙瘩。

「兩位，要能見到吳孟辛的尾巴，僅僅只是我們為備戰踏出的一小步。接下來我們要努力的是，一方面，成庭要練好斷力，確保在關鍵時刻能立刻切斷吳孟辛的始力操控；另一方面，培養好大夥兒的默契，以便在我和阿青以共化方式同你們並肩作戰時，能充分利用之前無數次跟巫真對戰的經驗，見招拆招，勝戰擒敵。晚些，我們便會開始教你們各式簡易的功法，連續三夜，功法會漸難，希望你們能在我們的傾囊相授之下，儘速學會該有的術能，備妥足夠的實力。最後，關於巫真，有件事，你們得先知道。」

李白走向前，再輕指了一下呂竟軒胸口的幸運石：「這顆幸運石，又叫做『魂囥』，顧名思義，就是魂魄暫居的地方，吳孟辛身上也有一顆，巫真的魂魄便藏匿其中。儘管我們三人的魂魄，可一再另覓魂囥，然而，若於共化時被迫替換，即使時間非常短暫，只要原本寄身的魂囥先遭破壞，巫人魂魄便會因此變得非常虛弱，像這樣的時刻，就是我跟阿青擒逮巫真的絕佳良機。因此，想在決戰日戰勝的另一個關鍵，就是我們一定得先探知，吳孟辛的魂囥到底藏在哪，方能在巫真與吳孟辛共化之際，乘機摧毀它！」

「以往巫真能逃脫，總因祂詭計多端，行動飛快，這回有了成庭的斷力，定可拆解其行動，拖慢祂的速度。不過，使用斷力，相當耗費體力與精神，時機必須抓得精確，不可濫用。」李白繼續補充。

在成庭一步步了解真相後，疑問自然也跑了出來：「有一點我不懂，你一開始不是說，巫真施展離魂術後，可依附在任何物體上，而這物體，可以是顆石頭，也可以是個人，那祂為何不直接拿吳孟辛來當魂囥呢？」

李白莞爾一笑：「嗯，問得好。其實，拿吳孟辛當魂囥，不是不可以，只是巫人魂魄若無其他魂囥當進退據點，一旦長期共化人身，精、氣、神交融成常態，極易產生沌氣，而這沌氣對巫人魂魄來說，就像毒氣，侵蝕久了，會招致癲狂！因此，拿人身當魂囥，除非萬不得已，巫人絕不輕用。」

「另外，之前沒提，並不表示我跟阿青輕忽竟軒突出的預知力。事實上，竟軒的預知力，不僅可在戰鬥中幫我們預知巫真的反擊術法，也可助我們預判祂在戰敗後的逃竄路徑，只要能再成功搭配成庭的斷力，這絕對是巫真所碰過的最強戰力組合，這回要擒逮巫真除害，真的得靠你們了。」說完，李白與阿青隨即一同向成庭他們鞠躬致意，教他們兩人受寵若驚，一時尷尬不已。

李白挺直身後，又慢慢說道：「接下來，狀況瞬息萬變，何時需要附你們的身，恐怕難以預告，所以，哪天，你倆忽覺腦袋暈沉，耳鳴不適，便很有可能我們已經附了你們的身，不過，請放心，這些癥狀很快就會緩解，對你倆身心不致造成任何影響。」

❖

接著三天，成庭與呂竟軒夜間都會魂飛湖心，接受李白祂們的嚴格特訓。到了白天，因吳孟辛本就有個考驗在等他們，所以，他們大可放心地恣意練功，並在李白祂們以隱身幸運石，藉心靈感應指導的方式下，將夜間湖心所學，一再練得純熟，一點都無須擔心會啟人疑竇。

成庭與呂竟軒都各自非常努力地演練各種術能，也彼此不時切磋改進，追求每個動作，都盡可能扎實到位，漸漸地，不僅他們自己，連李白與阿青也都感受到兩人進步的快速，大家都不再怯對即將面臨的挑戰，自信黑暗過後，黎明將至。

❖

西元一九九六年三月十三日　花蓮縣

吳孟辛的考驗日終於來到，上午九點整，成庭與呂竟軒隨一名男侍來到正廳，在他們之前見過的三尊不似神佛巨像前，赫見兩座併列的高臺，一高一低，低的那座呈八邊形，約八米高；高的較小為長條形，高約十米，它們就搭建在氣勢磅礴的龍柱間。

高的條形高臺上，正坐著吳孟辛，以及一群環伺在側的魂歸者，他們服裝一致——淺灰的開襟無袖長掛外衣，深灰的高領長袖內搭、短褂與長褲，以及黑亮的束腰、護肘、護腕與長靴，個個看似異能高強，就像從功夫電影裡走出來的俠士高手。

另座被約莫一米高護欄圍住的八邊形高臺，有半個籃球場大，看起來就像個競技場，在正中心的兩張太師椅上，各坐著麗伶與怡宣，她們眼神哀戚，全身僵硬，成庭看了，又是怒火攻心，難受至極，呂竟軒在旁馬上輕拍他肩膀：「只要我們還活著，她們絕對安全。」

待成庭他們慢慢爬上階梯，來到吳孟辛面前，吳孟辛才像正興奮等看好戲的觀眾一樣，朗聲開口道：「兩位，看起來氣色不錯喔，想必傷已好了大半，接下來，在你們正式回覆我的邀約之前，有項小小的考驗，正等著你們完成。」

吳孟辛的話才說完，之前出現過的年輕高瘦與壯年矮胖的那兩名隨從，便自高臺底，各押一頭大、一腳長，神情皆失落陰鬱的魂歸者拾級而上，直至他們面對成庭與呂竟軒站定，吳孟辛再揚聲：「這兩個叛徒，被趙家的死對頭林家收買當臥底，一直在暗地裡蒐集情資通風報信，本當處死，但今天，因你們而有了生機。」

兩名林家臥底一聽到生機二字，馬上轉頭對望，表情驟燃生氣。

「今天的考驗就是，拿兩位貴賓當餌，成庭與呂竟軒當然負責保護她們的周全，而這兩個人渣，則儘管攻擊，以奪取你們四人性命為目的，不計過程，只看結果，一命換一命，只要一方兩死，另一方即算獲勝。」公布完考驗內容，吳孟辛立刻得意地在嘴角泛起一抹笑花。

這是場沒有任何遊戲規則，只有原始人性在那捉對廝殺，結果非生即死的殘酷戰鬥。

兩名林家臥底不等吳孟辛下令，便迫不及待地像脫韁野馬，逕自前衝跟成庭他們錯身而過，再凌空跳躍過兩高臺間的鴻溝，直攻競技舞臺，欲搶機先奪麗伶與怡宣性命的意圖，再明顯不過。

成庭與呂竟軒看對方一有動作，也馬上迴身，反射性地運用始力發揮腳掌彈力之極限，橫越鴻溝，再騰空前翻，在半空中劃過三道完美弧線後，即彈躍至麗伶與怡宣跟前，及時攔截下已襲近她們的鷹爪與手刀。緊接著，成庭忿恨氣極地再怒釋始力，先用左臂纏抓頭大林家臥底，續以右拳猛轟，喀吱的肩骨碎裂聲隨之響起，同時對方就這樣被轟飛老遠，且因左肩移位散垮得厲害，倒地後一直哀號不已。

呂竟軒在擋住腳長林家臥底的手刀後，立即回敬側踢，但被迴身閃過，然而，對方還是不死心地想以旋身換位，來竊隙攻擊麗伶的後腦勺，呂竟軒見狀，便整個人如游龍般，先輕拂過麗伶左側身，再迅以左手爪扣鎖對方右手刀，接著，反爪拉近雙方，然後，提運始力匯集雙掌順勢傾身力推，一下子就將對方推飛撞上護欄，隨即回彈趴地後，他恨罵一句，緊接著奮力爬起。

出於強烈求生意志，頭大林家臥底在哀叫一陣後，即搖晃著肩骨散垮的傷臂站起，他突自腰間摸出一支短刃，速按機關，短刃便自握柄彈飛，再經一甩，刃尾連接鋼鍊的怪武器，就像長鞭般直朝成庭襲來，成庭暗忖，自己一旦躲開鞭刀，極可能害身後的怡宣遭刺，於是，成庭不得不以空手擋開鞭刀，想當然耳，鞭刀是撥開了，成庭右掌也因此被劃下一道深長的傷口，腥紅鮮血汩汩流出。成庭為愛捨命擋鞭刀的行為，看在動彈不得的怡宣眼裡，既感動、揪心又悲憤，淚水簌簌直下。

呂竟軒本想速戰速決，期以極快的始力重拳擊倒腳長林家臥底，沒想到對方卻躲得從容不迫，很快地，他看出端倪，明瞭眼前的魂歸者，其實也是個預知高手，那好，就來個預知大對決吧。

頭大林家臥底再揮鞭刀，成庭看準時機以始力高躍向前，並在側身閃過刀刃的同時，抓住鋼鍊回拉，於是，刀刃就這樣在怡宣面前，驚險地像隻閃飛至眼前，又馬上倒著飛走的白燕，咻地來去匆匆。成庭本想以拉回的刀刃，順勢反刺對方，可惜被旋身躲過，成庭立即改採B計畫，迅以美式足球員的衝刺之姿，奮力狂衝，結果在對方再揮鞭刀前，因閃避不及被他狠狠地撞個四腳朝天。

呂竟軒在腦海裡，不停判讀消化藉接觸感應到的預知畫面，手腳也跟著不斷左攻右防……久了，開始煩躁，索性驟停預知，只憑直覺閃避揮拳，反而因此一舉擊中對方鼻子，令其鼻歪血流。不甘心挨揍的腳長林家臥底，在以右手背橫抹掉鼻血後，也從腰際抽出短棒，一按機關，短棒兩頭立刻彈出方向相反的弧狀彎刀。

成庭只要想到剛剛，頭大林家臥底是如何處心積慮地企圖橫奪怡宣性命，無名火便胡騰亂竄上胸口，一記記始力加持的重拳，紛如亂石轟砸在倒地對手的臉上，等到雙手麻了，沒力氣了，沾了滿手不曉得是自己或對方的鮮血之後，他才罷手。而對方的臉，不但五官嚴重變形，血肉更是糢糊一片，教人不忍卒睹。

雙頭弧刀在腳長林家臥底的手裡，不僅被舞得虎虎生風，也像急於噬血似的，數道傷口很快在呂竟軒身上出現，雖然傷口都不深，但令呂竟軒氣憤的，卻不是自己沒好好躲過，而是，好好的名牌襯衫給割花了，真是糟蹋！

就在呂竟軒躲雙頭弧刀，躲得非常窩囊艱辛之際，一陣涼風，忽從呂竟軒耳邊拂過，下一刻，腳長林家臥底不僅驟止攻擊，雙頭弧刀還鏗鏘落地。呂竟軒定睛一看，發現一支短刃，正大刺刺地插進對方喉頭，鮮血直流，怵目驚心。對方跪地後，從嘴裡傳出的咕嚕聲，恍如故障機械發出的斷續怪聲，短刃尾部的一小截斷鍊，也隨著對方不自主的痙攣在那不停抖震晃盪——這是成庭在漸漸氣消冷靜後，見到呂竟軒正陷苦戰，即以始力扯斷鞭刀鋼鍊，再神準將鞭刀射向腳長林家臥底喉頭的結果。

呂竟軒望了躺在血泊中，不再痙攣的腳長林家臥底一眼後，便轉身步向淚乾了再流的怡宣她們，經一番檢視確認無恙，才往表情失落哀傷、四肢僵硬不動的成庭走去，邊嚷道：「你竟敢朝我射飛刀？萬一偏了，誰來幫你救老婆？」到了成庭面前，他還低頭故意拍一下成庭血已乾涸的手掌傷口，成庭忍不住唉叫一聲，接著他再說道：「不過，還是謝謝你的飛刀，上回你在我家被我救的那一條命，這下還清了。」

呂竟軒轉身對高臺上面無表情的吳孟辛高喊：「如何？我們通過考驗了沒？」同時，邪邪的笑臉微微地在他臉上一閃即逝。

❖

「沒想到士隔三日，真教人刮目相看哪。」吳孟辛又恢復慈藹的笑臉。

「好，你們現在已有資格回覆我三天前的邀約。」吳孟辛笑臉依舊。

呂竟軒看都沒看成庭一眼，即代他高嚷：「我們願意！」

吳孟辛搖了搖頭：「我沒聽到大記者的答覆喔。成庭，你也願意今後，効忠於我嗎？」

呂竟軒皺眉回望成庭，而成庭也在回望怡宣她們一眼後，默默點頭。

「我什麼都沒聽見，你到底願不願意啊？」吳孟辛笑容不見。

成庭只好閉眼大喊：「願意！」

「嗯，這才差不多。話這麼少，真不曉得你這記者是怎麼當的。」慈藹的笑容，又再度回到吳孟辛臉上。

「好，既然你們都願意加入我們這個大家庭，今後就是自己人了，在我正式宣布啟動神聖大業之前，容我先一一介紹家人給你們認識。」吳孟辛緩緩站起離座。

吳孟辛揚起右手：「我右手邊的第一位家人，叫心蕪，擅長驅動術，是我義女。」

「驅動術，一種能與草木、蟲類與飛禽走獸靈犀相通並驅使它們的異能，若時機、地點合宜，除可讓攻擊發揮事半功倍的效果之外，術能高者甚至能召來千軍萬馬，聲勢威嚇，不容小覷。」阿青突然在成庭心底解說起異能特性，教成庭嚇了一大跳，回過神後，隨即責問他方才為何袖手，阿青連忙解釋，倘若他們真出手，就算沒被吳孟辛發現，巫真也定會看出異樣，如此一來，擒捕巫真的計畫，恐將功虧一簣。

聽完阿青解釋，成庭無從反駁，只好接受，緊接著，他才猛然憶起眼前這位似曾相識、臉蛋冷豔、身形窈窕的女孩，就是之前呂竟軒給他看過的那八張預知畫裡，最後一張出現的陌生女子，她的眼神兇狠，好似藏有非常深沉的仇怨。

「第二位家人，叫非影，擅長幻術，是我義子。」

阿青又繼續在成庭心底解說：「幻術，顧名思義就是欺瞞感官、隱藏真相的異能，術能高者可迷惑人心、控制意志，不過，眼前這名少年看起來青澀稚嫩，其施術經驗與歷練應該有限，之後遇上他，只要隨時保持清醒，小心辨明虛實即可。」成庭很快就在眼前這位陰鬱男孩的眉心，發現有道若隱若現的長疤，不由心想，這個男孩應該不簡單，阿青會不會輕敵了？

吳孟辛接著揚起左手：「我左手邊的第一和第二位家人，你們都已見過。第一位叫鬼手，擅長千手術，是我的金護法；第二位叫神眼，擅長透視術，是我的土護法。」

之前在偏室，已見識過神眼透視趙冠英傷勢的神技，倒是成庭難以想像，所謂千手術，會是怎樣的一種異能？阿青馬上替他解惑：「千手術，是一種相當殘暴血腥的異能，術能高者，可隨心將雙手變形成各式武器，攻擊方式千奇百怪，功法更是變幻莫測，對付起來相當麻煩。」

「左手邊的第三位家人，叫金剛，擅長力術，是我的火護法。」

無須阿青解釋，光看外表成庭也知道，眼前這名高額戽斗、體格魁梧精壯的男人，就是個力大無窮的傢伙。

「我另外還有兩位護法。木護法，叫不死，擅長再生術；水護法，叫無形，擅長易形術。」吳孟辛突露詭譎微笑，再接著說道：「他們現在，就站在你們後面。」

成庭與呂竟軒一聽紛紛回頭，即見原先戰死，橫躺在競技高臺上的那兩名林家臥底，居然都若無其事地，各站在面露驚恐的怡宣及麗伶身邊，要不是他們的臉與手臂上的血汙，以及衣服上大片的血漬猶在，成庭他們恐怕都會誤以為，之前的拚殺搏命，只是惡夢一場。成庭與呂竟軒面面相覷，然後再細看起死回生的兩人，確認腳長的喉頭刺傷雖已痊癒，但受傷處，仍隱約可見一小朵淡淡紅斑；而頭大的容貌不但完全更換，垮散的左肩恢復正常，整個人看起來還變得更壯實些。

「我說那是考驗，就像大學聯考一樣，他們兩位，是我出的考題，純粹只想測出你們的真正實力。不過，提醒你們，剛剛除了影兒略施點幻術之外，他們兩位，可也都還沒使出真正的能耐喔，至於所謂的林家臥底，真的有，只是早被我處理掉了。」

「再生與易形都是體表外貌百摧難殘的異能，他倆死無盡、變無竭，還真教人一時拿不出釜底抽薪的對策來。倒是吳孟辛老奸巨滑，戲弄大夥兒於股掌，幸好，剛才我與李白忍住沒出手，否則計畫敗露，一切努力皆成泡影。」阿青的嘀咕，教成庭不禁自忖，沒想到始力，竟能發展出這麼多神奇的異能來，自己在這些人面前，儼然螳臂當車，要完成任務，愈發艱難了。

❖

「好，現在，就讓我來告訴兩位，我們將啟動如何神聖的大業吧。首先，它有個非常大氣的名字，就叫做『巫天計畫』！」吳孟辛跟義子使了個眼色，非影立刻右掌上翻稍提，再反掌慢慢蓋下，整個正廳，一下子恍如被魔術師緩緩罩下黑幕，接著，寒風呼呼吹起，白雪冉冉飄下……

「遠古時代，天有神，地住人類與巫人。巫人會神通，平凡人類很畏懼，是故，有強烈憂患意識的人類，像得了被害妄想症一般，成天疑神疑鬼，深怕有一天會被巫人滅族絕種。於是，人類處心積慮地不時在巫人部族間，散播謠言，製造嫌隙，直至千盼萬盼的巫族內戰終於爆發，巫人數量銳減，人類才再利用巫人的信任，在女巫人食物裡，下慢性毒藥使其不孕，為留後，男巫人只好開始與人類通婚，至此，人類覬覦許久的巫人異能，便這麼手到擒來。」

隨著吳孟辛的獨白，在成庭與呂竟軒面前，出現了魁梧的尊貴巫人，從穩坐高椅聽盡卑屈人類的諂媚奉承，到誤信讒言彼此翻臉廝殺，場面壯觀真實，彷彿遠古神話世界就在眼前重現。如此逼真幻境，教他們不得不佩服非影的神技，比照先前阿青的輕敵，讓成庭忽有不祥的預感。

「為何我會知道這些？因為巫人部族首領巫真，有天在我溺水瀕死之際，顯神蹟救了我，祂告訴我——你是巫人後代，也是重振巫族榮光的唯一希望，我們巫人，尊為地界仙人，更是地靈之主，理當統治世界，豈可讓本該服侍我們的凡人奴僕，胡自篡奪妄為！」

此時，成庭與呂竟軒第一次看到巫真，完全超乎他們想像的威武酷帥，儘管滿臉風霜，仍難掩其精悍氣勢。這真是巫真？應該是被過度美化了吧，成庭與呂竟軒都不由心想。

「長期以來，我利用神通，結識了台灣許多高官政要、顯達巨賈，他們的底細，我全都一清二楚。一個多禮拜以後，台灣就要選出新總統，我們將在投票當天，製造爭端，煽挑衝突，待全島沸騰，宣布戒嚴，這些棋子，便會進一步暗助我們統攬政權。」

成庭與呂竟軒跟一般台灣民眾一樣，對示威遊行本就不陌生，不會大驚小怪，但此刻的畫面，卻教他們心驚膽顫煎熬難受——石頭、棍棒、汽油彈胡擲亂扔，橡膠子彈和催淚瓦斯，更讓暴力血腥場景，宛若內戰一隅，緊接著，暴力失控，台灣街頭頓成烽火煉獄，人民與軍隊都殺紅了眼，到處屍體橫陳，遍地瘋狂。

「然而，統領台灣只是『巫天計畫』的第一步，雖然，我在中國大陸各地，已暗地扶植了一批巫族後代，接下來，仍須再利用台灣的政府力量和資源，來找出更多兩岸三地的巫族後代，一旦異能巫軍組成，屆時無論中國或全世界，皆將一統於巫天之下……」

幻境的結尾，是數量龐大的巫軍，以各種難以想像的異能操控人類，無論是黃種人、白種人或黑人，全都變成雙眼呆滯無神的傀儡，乖乖任其擺佈。

幻境結束，正廳回復原先的樣子，但成庭與呂竟軒的心情，仍翻攪不已，深覺萬一真讓『巫天計畫』實現了，無異世界末日。成庭回頭望了怡宣及麗伶一眼，試圖以眼神告訴她們——請放心，我和呂竟軒，就算賠上性命，也一定會遏止吳孟辛的可怕陰謀。

❖

「兩位，明天我將宣布，每個家人在全省各地所負責督導的區域，隨後，大夥兒就得即刻啟程，儘速至當地與負責人碰頭。會這麼趕，是因為有許多後援與補給的細節，需要你們再做最後確認，另外，忠誠考核也得一併完成。」

吳孟辛所羅布的組織，到底有多綿密？那些負責人，也都是魂歸者嗎？似乎一切都已箭在弦上，台灣真會在一個多禮拜以後萬劫不復？成庭與呂竟軒都不敢再想下去，一股時間緊迫的威逼感，讓他們胸口悶塞難耐，就像氣在哪兒堵住似地始終喘不上來。

「解散前，為肯定你倆的表現，我姑且答應你們先前的請求，給你們十分鐘，好好跟兩位美麗的貴賓聊聊。」

吳孟辛說完話，才一解除對怡宣及麗伶嘴巴的始力操控，兩門連珠炮便立即火力全開：「成庭，他這個人禽獸不如，利用完了，我們四個，他鐵定一個都不會留！」「成大哥，你千萬不能為了我們，而甘做他的走狗啊！」

儘管怡宣她們的身體，依然被制約住，但能動的嘴，像要把握難得的機會拚命動著：「成大哥，別管我們了，快逃吧，趕快向外界揭發他的陰謀，趁還來得及。」「對，成庭，絕不能讓他傷害台灣，別管我們了，快逃，一定還有人可以治他。」

怡宣又再淚涔涔：「成大哥，看你為了我們受盡折磨，我好難過……成大哥，今生無緣，願來世再續……」

怡宣企圖以咬舌自盡，來解除她對成庭造成的桎梏，機警的吳孟辛，怎可能這麼輕易就放掉手中好牌，於是，怡宣及麗伶的嘴，瞬間又不能動了，但淚水依舊簌簌流著。

從怡宣及麗伶可以說話開始，成庭面對她們，只有滿腔的愧疚與自責，一句話都沒臉說出口，孰料最後，怡宣居然決絕地以犧牲自己來還他自由，他驚愕、羞慚與忿怒的心緒，全攪揉在心底，他緩緩轉身，在其瞅著吳孟辛的雙眼裡，熾燃著懾人的烈焰。

「我很不喜歡你現在的眼神。不然，你要我怎樣？我這是在幫你救她呀。咬舌自盡，實在愚蠢，等我們成功了，她們都會有享受不盡的榮華富貴，就這麼沒耐心。」

吳孟辛雙手一攤，就像下解散暗號似的，旁人紛紛後退，再依序跟著吳孟辛魚貫自高臺走下。怡宣及麗伶也隨後各被四名男子，跟先前在偏室一樣，分兩組各前後以木桿機關扣住太師椅，再像抬轎般撤離競技高臺。

就在呂竟軒想拍拍成庭肩膀，說點勸慰話之際，李白突然在他心底喃喃道：「考量目前情勢，我們不能再等了，否則，你們想想，一旦明天任務指派好，宣布即刻前往，那我們哪還有時間找魂囤？不行，今晚就得行動！」

❖

晚餐前小憩時間，成庭他們四人，再度飛魂至湖心彙整情資，成庭先提想法：「最危險的地方，有時就是最安全的地方，吳孟辛會不會也跟我們一樣，將魂囤掛在胸前？」

「這幾天，我跟阿青數度魂飛至吳孟辛寢宮，裡裡外外仔細搜尋，連他沐浴更衣時，我們都沒放棄檢視的機會，無奈就是找不到魂囤的蹤跡。所以，我跟阿青都強烈懷疑，巫真魂囤恐怕早已被吳孟辛植入體內。」李白隨即陳述調查心得。

「吳孟辛為何要這樣做？」成庭進一步追問。

「因為，吳孟辛若想要隨時操控魂歸者的始力，就非得隨時與巫真『共化』不可。」阿青連忙解釋。

「而共化，可分為『二化』、『半化』與『全化』三種，其中『二』、『半』、『全』皆為量詞，意指附身程度的輕重。像『二化』，受附者雖無異狀感，但行為會不自覺被附身者影響，不過，意志尚能自主；而『半化』，儘管受附者會漸感不適，但意識卻可與附身者並存和對話，彼此的異能也能加乘運用；最後，所謂『全化』，受附者將喪失意志，附身者主宰一切，肉身與異能皆受掌控，就像換了個人一樣。」阿青隨後補充道。

阿青繼續說明：「吳孟辛性情與巫真迴異，可先排除『全化』附身，而上回他運用始力，制約住你們的手腳，這又是『二化』所辦不到的，因此，巫真的附身方式，絕對就是『半化』。要『半化』又怕魂囤被發現，索性將它植入體內，這對瘋癲狂妄如吳孟辛與巫真之輩而言，一點都不足為奇。」

最後，李白逕自嚷道：「方才，我想到一個很不錯的辦法，就是藉土護法神眼之眼，來找巫真魂囤。所以，待會兒晚宴，我會乘神眼醉醺之際，二化其身，這是我們最後，也是最好的機會，絕對要成功！」

❖

日落向晚，吳孟辛派人來接引成庭與呂竟軒共赴夜宴。待成庭他們換妥新裝（同五護法與吳孟辛義子女服裝），隨來人抵達宴客廳後，成庭左顧右盼，就是不見怡宣及麗伶的身影。

吳孟辛入席後，見成庭心神不寧，一副殷盼伊人現身的模樣即道：「成庭，這是餞別宴呀，你想，倘若她們在場，氣氛彆扭，不但你食不下咽，其他人也喝不痛快。放心，下次慶功宴，一定讓你們無拘無束，好好聚聚，而且，愛怎麼罵，都隨她們開心，我絕對欣然接受。」

吳孟辛話一說完，即引來一陣哄笑，接下來，在他夸夸描繪了一番未來榮景之後，餞別宴才熱鬧展開。

窈窕清秀的女侍，紛紛端盤上菜伺候著每一個人，土護法色眼瞇瞇、狼爪蠢蠢地偷吃了不少身邊女侍的豆腐，其淫猥興奮的樣子，大異於他隨侍吳孟辛身旁的狼犬狠樣，還真是原形畢露，恬不知恥，胡鬧許久後，他終於開始灌酒，李白竊喜，機會來了。

乘土護法喝至微醺之際，李白飛魂二化附身，土護法隨即打了個響嗝。

一開始，李白眼前模糊一片，接著他趕緊運功打開土護法始力，視界即開始變異——在場的每一個人，都像被超強的X光機掃描著一樣，一切皆呈半透明狀，衣物僅剩輪廓和似有若無的皺折、拉鍊與鈕扣，肌肉一條條一片片，靜脈、動脈、臟器、骨骼，甚至微血管，全都一覽無遺活生生地顯現眼前，很快地，他便發現要找的東西——巫真魂囤，果真被植入吳孟辛左上臂的三角肌裡。

目的達成，李白速速退魂，土護法又打了個響嗝。

「神眼，你怎麼啦？直盯著我瞧，還打嗝，第一次看你醉成這樣。」吳孟辛後知後覺地關心起瞇眼傻笑的土護法。

土護法因已微醺，再加上被附身始力耗損，腦袋變得昏沉暈眩，以致對吳孟辛的問話，只能以迷濛的眼神傻笑回應。

「好啦，夠了，今天就到此為止，你們早點休息，明早還有許多事要忙。」吳孟辛實在看不慣平日對他卑躬拘謹的土護法，變成眼前這副痴癲呆傻的醉鬼模樣，索性眼不見為淨，草草宣布夜宴結束。

激戰

成庭剛被阿青附身時，頭昏發冷，耳鳴嚴重，但想到很快就能解救愛人，結束一切苦難，便漸漸適應下來。

相形之下，呂竟軒被李白附身後的反應就輕微許多，只見他在暈眩和耳鳴時，前後才搖晃了幾下腦袋，癥狀竟然就像被他搖頭甩掉了般，不再出現，看得成庭欽羨不已。

另外，被附身後的成庭與呂竟軒，在第一眼見到彼此尾巴時，反應出奇平靜，顯然他們先前的想像，與眼前所見，並沒有太大的落差——呂竟軒覺得成庭散發著檜木茉莉幽香、亮著黃螢光的翠綠松針尾巴，跟他的龜毛性格很搭，簡直如量身訂製一般；而成庭覺得呂竟軒散發著薄荷竹葉清香、亮著紫螢光的象牙白水仙花尾巴，根本就是他自戀情結的百分百呈現，其相襯度滿分，毫無懸念。

成庭與呂竟軒在深吸口氣、互瞅一眼後，即開始乘夜深人息，齊運始力連蹬高牆，跳上屋頂，再以飛快速度於屋瓦間輕躍前進。

初擁這般身手，一開始，仍教成庭與呂竟軒難以置信，但思及自己正被神話中的古人魂魄附身，便覺自己像神蹟，也像笑話，矛盾複雜的感受，就這麼一路如影隨行。

由於，李白與阿青早就飛魂各處，摸透道觀，整個突襲計畫，在祂們心底已盤算多時，以致成庭他們先抵監控室，敲昏、藏好監控人員，再到廚房找利刃和繩索，接著，趕至吳孟辛寢宮，擊昏守衛將其拖至暗處，這一連串的動作，一氣呵成，非常乾淨俐落。

緊接著，寢宮大門密碼鎖經呂竟軒一輕觸，即被他運用預知輕易打開。關上大門後，挑高寬敞的會客廳，又再一次讓成庭與呂竟軒見識到吳孟辛的好大喜功。在會客廳一方，除有張奢華的精雕主座，在其後方，也立了那三尊在正廳見過的不似神佛雕像，但身形小了些，姿勢、神情也不一樣，它們閉目威嚴，就直挺挺地站在那。另在左右兩側，靠牆擺放的兩排雅致太師椅，雖空盪盪的，仍教成庭不禁回想起高臺上那慘烈的一役，他愣望太師椅只約莫兩秒，但心底的吶喊，卻早已轉化成巨大的意志——怡宣、麗伶請再等一下，我們很快就會救妳們出去！

進到大得離譜的寢室，成庭與呂竟軒終於看見吳孟辛的尾巴——隱隱發散出羊羶醋酸味的綠螢光鈷紫蠍尾，他正打著鼾，舒舒服服地躺在典雅精雕的氣派梨花木骨董床上，接下來，他們即將要做的事，曾引發激烈的爭論——

踐別宴結束回到房間，成庭他們四人再度飛魂至湖心，討論半夜，該如何從吳孟辛手臂取出巫真魂囤。

「想要操控魂歸者的始力，不同於一般人，定得在其意識清醒時，而且，即使在巫人之眼的加持下，除非是成庭的斷力，任何始力操控，都無法對正在運用始力的魂歸者產生影響。」李白在說出操控魂歸者始力的先天限制後，便先排除了呂竟軒提出的，操控吳孟辛始力讓他自己挖出巫真魂囤的想法，祂覺得，在以不暴露祂和阿青的前提下，利用吳孟辛沉睡時行動，實屬最佳良機。

再來，李白即主張一刀斷臂，逕取魂囤摧毀。成庭與呂竟軒都覺得太殘忍，不如先綁好人，再利用現場的藥物或烈酒減輕魂囤取出時的劇痛。最後，阿青採折衷，先綁好，不斷臂，一刀挖出魂囥擊碎，祂還補充：「當初，吳孟辛敢植魂囥入臂，便應想到會有如此惡果。況且，他本來就是個大壞蛋，在他寢室大衣櫃後方暗門的保險櫃裡，除藏有大批髒錢，還存放了不少為日後操控高官而蒐羅來的卑劣證物，這般待他，已算厚道。再加上，突襲時，我們會附你倆身助攻，屆時動作會迅速俐落，不致太折磨他。」

❖

成庭與呂竟軒一左一右，各自打好繩結慢慢靠近床沿，就定位後，他們彎身挨近吳孟辛，正準備一舉套牢其手，再拉開各綁床架一端時，吳孟辛竟驟睜雙眼，還露出狡黠詭笑，雙手更同時出爪，各一把扯下掛在成庭與呂竟軒胸口上的幸運石，阿青與李白見狀，不禁齊聲驚喊：「不妙，上當了！」

李白不甘受騙，趕緊運力驅使呂竟軒奮力起身舉刀便刺，薄利的刀鋒，就這樣在呂竟軒激發始力，與李白深厚巫力的相互加乘下，宛若鍘刀，扎實地狠狠將吳孟辛整條左臂自肩頭削下，斷臂頓時因反作用力，彷彿逆流而上的鮭魚，伴著濺血跳上再落下。

緊接著，呂竟軒旋即扭身撲地，抓住斷臂，再利索挖出三角肌裡的魂囥，不幸地，他也在此時驚詫發現，斷臂手掌裡的李白魂囥，已被握得粉碎。

陡地，一陣「喀啦」的怪聲，紛教成庭與呂竟軒的注意力重回床上，他們目瞪口呆地望著，吳孟辛原來斷臂的位置，居然重新快速長出新臂，整個過程，宛若一叢糾結在一塊兒的大小藤蔓，彼此在那互不相讓地競逐生長——先從斷臂切面，像小蛇般鑽透出各種組織，待它們盤結繞實強化後，便開始加速運作，其中，以骨骼為首如將帥，肌肉、動靜脈與微血管則似兵卒，它們一路反覆交纏追隨，直至指尖，皮膚生出，最後指甲再冒出貼覆。

「如何？除了預知，我的再生術也不差吧，當然，稍使蠻力，更是雕蟲小技。」語畢，吳孟辛像丟會髒手的垃圾一樣，大手一揮，一舉將右手裡的阿青魂囮碎塊扔擲老遠，恍如灑豆的聲音，清脆刺耳，令成庭與呂竟軒聽得驚駭莫名，兩人馬上自床沿退聚床尾。

吳孟辛俐落起身離床站定：「上個禮拜，你們跟蹤車隊，被我以倒樹撞昏後，我叫手下從車裡拖出你們，就在那時，我不經意瞥見掛在你們胸口的幸運石。它們讓我想起之前，巫神曾開示，說有兩個討厭鬼，從古至今，一路利用兩顆幸運石，不斷找幫手壞祂好事，因此我想，這次神聖大業要成功，前提恐怕得先除掉，那兩個躲在幸運石裡頭的討厭鬼不可。」

吳孟辛笑著臉往前走一步，成庭與呂竟軒則僵直著身齊退一步：「於是，我把消除掉你們的念頭，改成跟你們玩遊戲，繞好大一圈，等的就是眼前這一刻——巫神告訴我，若逕自毀掉幸運石，躲在裡頭的討厭鬼，只會毫髮無傷地再另覓魂囮找幫手。不過，如果能想辦法，讓那兩個討厭鬼離開幸運石，附在祂們的幫手身上，接著伺機摧毀幸運石的話，那祂們將騎虎難下，因為不管是另覓魂囮，或再繼續附身，只要我們不斷強攻，都會使祂們陷入萬分凶險的境地，最後不但可能被同化，甚至連走火入魔都很有可能發生！」

吳孟辛笑著臉又前進一步，呂竟軒趕緊高舉從斷臂挖出的沾血魂囥示威：「等等，如果我現在就捏碎它，那巫真不將也變得跟李白祂們一樣？」

「笨蛋！那是餌，是假的！」

不知何時，五護法已齊聚寢室門口，方才開口大罵笨蛋的，是土護法神眼，想必他們也是參與這齣大戲的演員，只有成庭、呂竟軒、阿青與李白四人，被徹頭徹尾當白癡耍了一番。

吳孟辛輕舉左手比了個前進手勢，五護法中的木護法不死與水護法無形，也就是先前在競技高臺上，和成庭與呂竟軒交戰過的那兩名假林家臥底，立刻像蓄勢待發的雄獅，一前一後慢慢朝成庭他們逼進。

「這次不用客氣，你們想怎樣，就怎樣。」話一說完，吳孟辛便先退臥牆邊的羅漢椅，再使了個眼色，令土護法提壺給自己倒杯茶，然後，挑眉舉杯一飲而盡，擺出一副等著看好戲的悠哉模樣。

❖

晃著咖啡汽油味、綠螢光、焦赭柳葉尾巴的木護法不死，與搖著奶酪臭襪味、紅螢光、灰藍章魚觸腕尾巴的水護法無形，各從腰際拿出跟上次一模一樣的武器，只是這次，木護法換拿鞭刀，水護法則拿雙頭弧刀。原來上次為了放水，他們交換了彼此擅長的武器，這下要起自己精通的武器來，不僅出神入化，其殺氣凌厲的程度，跟上回比起來，簡直天差地遠。

阿青與李白深知——現下魂囤已毀，吳孟辛藉五護法與祂們交手，無非希望逼祂們多運氣、多發功，只要時間一久，祂們不是被同化，就是入魔敗亡。但是，此刻若不全力反擊，一旦成庭或呂竟軒被殺，最終，祂們都難逃吳孟辛守株待兔戰術的凌遲與虐殺。

「管不了那麼多了，先解決掉五護法再說。」這是成庭、呂竟軒、阿青與李白四人此時的高度共識。

水護法無形的雙頭弧刀首先開攻，一刀劃過來，成庭與呂竟軒便各自跳開，接著，他們之前在湖心與阿青祂倆合練苦修的攻防術能，也在此刻正式登場。

阿青先在成庭心底喊出招式「巫龍擺尾」，成庭隨即嫻熟做出動作——三角迴身如游龍般，先位移至對手左側斜身收肘，同時在水護法舉臂橫砍弧刀時，立刻下腰甩臂雙掌齊轟，成庭便在這個時候，隱約感覺到一股在體內竄流的氣旋，就像火山爆發般逕自掌心噴出，雙頭弧刀就這麼被掌氣轟個正著，一下子從水護法被震麻的手中飛脫，最後，才老遠喀嚓一聲，插進寢室後方的水泥牆裡。水護法愣了一下，成庭則暗自讚歎，阿青教的招式真是厲害，不過，旋即又想，若沒阿青附身幫忙，威力恐怕就會大打折扣，仿若赤手空拳經電影後製，如加上音效與掌氣、拳風等視覺效果，破壞力便像驟增了千百倍一樣。然而，阿青不希望成庭這麼看輕自己，馬上在心底勉勵他——其實，如果沒有你近日的努力練功，和在對戰時也打出扎實的動作，那不管我剛剛有多麼奮力助攻，恐怕都效果有限。

木護法不死的鞭刀，一鞭比一鞭驚險地在呂竟軒身旁飛竄，三不五時即在呂竟軒身上，劃破衣褲，留下傷痕，沒多久，李白終於逮到機會——就在一次木護法收鞭動作過大，重甩時，露出腋下較大的防禦缺口，祂馬上在呂竟軒心底大喊招式「巫移山河」，呂竟軒立刻舉臂側翻，並在右掌觸地剎那，彈掌逆轉，同時利用彈身機會旋腿直踢木護法，奔流在呂竟軒全身的熱力，便在此時自腳尖爆出，當下木護法肋骨不僅立斷，整個人也被踢飛，最後還不偏不倚地掉落骨董床上，其體重加上速度，令梨花木床當場裂塌垮解，看得吳孟辛好生不捨。

被成庭打飛雙頭弧刀的水護法無形，再從腰間抽出短棒，按下機關，像失而復得的雙頭弧刀再次出現。水護法這下不再輕敵，每一刀都刷砍得狠毒致命。在被狠狠劃破數道傷口後，阿青看到水護法因屢攻不下開始惱怒，導致他岔了一下氣，力道有點不勻，現出頸肩空洞，馬上高喊招式「狂巫怒鎚」，成庭立刻旋身躍起，並在半空中，藉合掌舉臂的牽引力，挺身成弓，再將蓄積體內的狂飆氣旋，以急速收腹扣臂，捲身合掌重搥的動作，從掌鎚轟出，水護法防備不及，氣旋瞬間將他轟得連滾數圈，直至撞牆才止住滾勢的水護法，不但四肢變形，身體捲成球狀，動也不動，連雙頭弧刀也斷了一頭，再細看，斷了的弧刀，其實已結結實實地深插進他泉湧著鮮血的背裡，他的章魚尾巴，也就這麼慢慢消失不見。

水護法無形的慘死，讓在場所有人瞠目結舌。剛從破毀床榻脫身，沾惹一身殘木敗屑的木護法不死，更是驚愣原地。

「沒想到你們的默契這麼好，之前，是我太小瞧你們了。嗯，其實，你們那邊共有四個人，那好，金護法、土護法、火護法，你們都一起上吧。」吳孟辛打破沉默，重新整隊，宣告殘暴的戰鬥，將步入全新階段。

❖

阿青驀地在成庭心底說道：「李白方才知會，為了要找到真正的巫真魂囤，祂打算伺機再次飛魂附身神眼，雖然這麼做非常危險，但我們已經沒有選擇的餘地，到時，咱倆得盡全力掩護祂。」

晃著雪茄黑糖味、紅螢光、柔韌蓬鬆如狐般紫灰鋼絲尾巴的火護法金剛，首先發功，原已魁梧健碩的他，因施展力術，整個人再脹吹高壯許多，渾身青筋更是一條比一條粗暴賁張！很快地，他的第一拳即直襲成庭頭部，成庭雖驚險避過，但從耳邊掃過的強勁拳風，像有股吸力似的，令成庭差點踉蹌跌倒。然後，火護法迴身又一拳，成庭旋身再次幸運躲過，孰料此刻，搖著硫磺皮蛋味、黃螢光、橙紅蜈蚣尾巴的金護法鬼手，竟乘機偷襲，就在其右手自肘關節以下形變成大彎刀狀的人骨鐮刀，快掃至成庭後腰之際，阿青及時發現，大喊招式「風雨共巫」，成庭馬上迴身屈膝後仰，再乘扭身翻轉時，旋身飛踢右腿，正好一腳踢中人骨鐮刀，而一股像巨蟒纏繞成庭右腿竄高的氣旋，彷彿龍捲風般一把捲起人骨鐮刀，金護法頓時宛若馬戲團被巨砲轟出的人肉飛彈，邊轉邊竄高，直至撞裂穹頂一道橫梁後，才從半空掉落。

木護法不死，在火護法金剛對成庭展開攻擊後，即逕自破毀床榻前行，他邊走邊甩鞭刀，緊接著，再從腰間抽出另一支短刃，按下機關，一下子，兩支鞭刀就在他手中宛如彩帶般甩出各式對稱圖案。驀地，他手勢一變，雙刃旋即齊往呂竟軒刺來，呂竟軒猛下腰原以為躲過，但其中一支鞭刀卻轉向迴刺，呂竟軒偏身再躲，沒想到另一支鞭刀竟在此刻也轉向，就這樣呂竟軒的左肩，便硬生生被狡詐的欺敵鞭刀直直刺入。李白氣惱地馬上指導呂竟軒——趕快抓緊鞭刀鋼鍊，再快速以身纏捲數圈拉近彼此，然後使出「旋天獨巫」轟他一拳。於是頃刻間，呂竟軒便像急轉的陀螺纏緊鞭刀鋼鍊，一下子縮短了與對手的距離，木護法見狀，以為呂竟軒想奪刀，即想乘勢再補上一刀，但下一秒，忽覺不太對勁，正欲棄刀的同時，正好是呂竟軒忍住劇痛，迅以左臂當支點，完成逆時針側翻頭下腳上的剎那，在其右側身的奔騰熱力，於下一秒逕自速轟的右拳爆出，木護法又再一次被轟飛老遠，不過，這一次，木護法是被直接轟進水泥牆裡，整個後背就這麼狠狠嵌入一個擁有驚悚放射狀裂痕的窟窿當中，它就像是臨時為木護法準備好的窩似的，讓背部骨折嚴重，已陷入昏迷的木護法，只能暫時乖乖待在裡面。

❖

金護法鬼手摔得不輕，正準備撐起再戰；火護法金剛看到木護法不死嵌進牆裡，變得更是怒不可遏；而豎著百合墨汁味、紫螢光、黃灰參差芒草尾巴的土護法神眼，則怕死地拿著斧頭站在原地，動都不敢動一下。呂竟軒便乘此空檔，快快拔出左肩鞭刀，再運起癒合始力，止住出血，加快傷口復原。

不過，呂竟軒隨手扔掉鞭刀所發出的落地鏗鏘聲，像驚醒了吳孟辛：「神眼，你杵在那幹麼？還不快上！」

值此同時，李白不禁暗揣——一旦土護法神眼參戰，傷亡難料，極可能痛失再探巫真魂囤的機會，再說，之前因要應戰五護法而分身乏術，但現已少掉兩名，是故此刻，絕對是附身的最佳也是最終的時機。

於是，李白在告知阿青後，便快速飛魂「二化」土護法，土護法渾然未覺，只忽然莫名地想回頭望吳孟辛一眼，待土護法轉頭，李白馬上把握時間打開土護法的始力，接著，便從頭到腳仔細地掃描起吳孟辛來。

「哦，我還沒玩夠哪，你們怎麼又開始急著找東西？」吳孟辛馬上看出端倪，他不耐煩地先白了土護法一眼。

「好，不玩就不玩，想找死，我成全你們！」

吳孟辛很乾脆，不講格調，索性掏出羅漢椅旁矮櫃裡的手槍，上膛後瞄準土護法就「砰、砰、砰」連開三槍，土護法不得不滿室又跑又跳地躲子彈，看得成庭與呂竟軒焦慮萬分，他們雖屢屢想上前阻攔，皆無奈突破不了火護法與金護法的攻勢，只得在那瞪眼乾著急，完全不知該如何是好。

土護法不確定，是不是因為剛剛怕死不敢參戰，惹火了吳孟辛；但他很確定，自己再不逃離寢室，很快就會一命嗚呼。

下一秒，土護法即使出吃奶的力氣，邊躲子彈邊衝出寢室，吳孟辛見狀，也毫不遲疑，立刻拿槍追了出去。

事態演變至此，成庭與呂竟軒都明白，要救李白，非得先撂倒眼前的火護法與金護法不可，而且要快。

❖

金護法鬼手的左右手，不知在何時全變成了人骨長劍，他似乎已看出呂竟軒的實力驟減，攻擊起來變得格外自信。而呂竟軒的確閃躲得愈來愈驚險吃力，儘管他早有心理準備，知道在頓失李白加持後，接下來的硬仗，只能自立自強，但當體內的熾盛熱力全然消失，他那種不管多麼賣力，以自身始力打出的李白招式，都只能展現出基本火候的感覺，跟李白離魂前，那石破天驚的加乘力道相比，宛如爆竹與大砲的巨大落差，教他非常失落。沒想到，就在這個時候，一道似曾相識的聲音，突然在他心底響起：「別氣餒，我們是之前李白跟你提過的，那些歷年來戰死在巫真手下的混種巫人魂魄，現下李白不在，換我們來幫你。」

火護法金剛一拳一拳地拚命往成庭身上砸，除了其中一拳正中下腹，讓成庭吐了一地摻血胃液之外，其他的都尚能僥倖躲過，但成庭周遭的家具、電器與牆，甚至花崗岩地板，可全都難逃面目全非的下場，一個個窟窿，堪比戰區的砲痕。然而，成庭與阿青的幾次反擊，卻都像打在銅牆鐵壁上，完全無用，於是，阿青暗忖——現下便請成庭使出斷力，會不會太早？但若未能及早擊敗火護法，等李白被巫真收了魂，失去祂的助攻，那成庭的斷力，對逮捕巫真還能起多大作用？

呂竟軒一邊閃躲金護法鬼手的雙劍合擊，一邊漸漸感應到一股不同於李白的力量。李白的能量以熱力呈現，混種巫人魂魄的能量則以寒氣顯露，然而，呂竟軒非但沒感到任何不適，反倒像喝進清泉，一身沁涼。混種巫人魂魄驀地再開口：「我們跟你們一樣，都受過李白他們的特訓，說來算是你們的師兄，待會兒，我們會跟李白先前一樣，先喊出招式，再接著跟你一起完成動作。」

火護法金剛惱怒成庭像泥鰍一樣，老抓不著，索性雙腿也開始東踢西踹起來，就在一次他踢空，腳掌整個卡在牆壁窟窿時，阿青見機不可失，馬上嚷道：「先下斷力，讓他頓失力術保護後，再以『巫搗龍穴』攻擊下陰！」成庭隨即運起阿青在湖心教他逕從斷術改良進化的斷力技法，並同步尋定攻擊對手下陰的絕佳位置——他一邊直視火護法的鋼絲尾巴，想像鋼絲一根根飄散的樣子，一邊滑步快轉至火護法後方，火護法也在此刻將抽回的腿站穩，旋即迴身，再換另一條腿橫踢過來。在此之前，成庭已乘機集中意志連比三個手訣，再加喊一聲「斷」，下一秒，成庭即瞥見火護法尾巴的紅螢光，真的應聲消失，印證了阿青教的新手訣，不僅有效，也讓他的頭昏現象減輕許多，沒想到才多三個手訣，便有如此神效！然後，他依著火護法橫掃而來的腿風下腰後躺，再順勢牽引右腿，仿傚足球選手倒掛金鉤的射門動作，狠踢火護法下陰，火護法頓時淒厲慘叫，整個人還被成庭右腿爆出的氣旋，轟飛撞牆，跌地後，只見滿臉是血的火護法，雙手直覆下陰滾地哀號，身形也慢慢縮回原本大小。

像個固執不認輸的蠻牛般，金護法鬼手完全不理會火護法金剛的捲身哀叫，也無懼敵我人數已對他不利，只一味奮力攻擊呂竟軒。金護法的人骨左長劍已變成骨斧，終於在一次迴轉突砍時，傷到了呂竟軒的右手背，霎時鮮血直流，成庭想出手，馬上被呂竟軒婉拒：「快結束了，再等一下。」金護法聽了火冒三丈，砍殺變得更凌厲。先前，混種巫人魂魄和呂竟軒的幾次合擊都失敗，教他們不得不佩服，金護法的反應和動作都靈敏得驚人，但惱火後的金護法，因動作拉大，又太使力，以致速度變慢，混種巫人魂魄這時，終於看到在金護法的左下胸，忽現防護破口，立刻高喊：「巫氣迴颺」，呂竟軒馬上往右後退蹲低馬步，雙臂快舉，仰頭下腰，上半身像輪盤猛力腰轉甩臂兩圈半，讓原先集中在掌間的巨大寒氣，在迴身戛止時，藉甩氣狂嘯而出，金護法猝不及防，先是被轟裂肋骨，震昏意識，再像高速翻飛的賽車，在半空中連翻幾轉，直至骨斧砍進梁柱，他才像睡著的攀岩者一樣，動也不動地高掛柱頭。

❖

衝出房門，照理講，成庭與呂竟軒理應看到，先前曾經過的挑高寬敞會客廳，但此時，呈現在他們眼前的，居然是冷風蕭颯的山巔，回頭一看，原本該在他們身後的寢室房門，也消失不見，彷彿他們衝進了時空門，一時有現在是夢境，抑或剛剛才是的錯亂。不過，理智很快就釐清現況，告訴他們，這是幻術，他們已走進吳孟辛義子非影所創造的幻境裡。

逆著呼嘯寒風走了一長段陡坡後，成庭與呂竟軒來到一個山洞口，一片沾血的碎衣布，像指引標誌般，就卡在洞口的石縫間。

摸黑進洞，離洞口的嘶吼風聲愈遠，答答的水滴聲就愈清楚，霉味與溼氣也愈來愈重。沒多久，成庭與呂竟軒走到一處三岔口，但只有左邊的岔口隱現火光，這又是一個再明顯不過的暗示。

越走火光越明，成庭與呂竟軒的速度也加快，最後，他們索性快跑起來。

迷宮之旅終告結束，成庭與呂竟軒看到一個超大石窟，一座座參頂石柱，比吳孟辛道觀正廳裡的龍柱，更顯高聳雄偉，兩把洞壁上的火炬，只照亮超大石窟的小小一隅，好整以暇的吳孟辛，坐在一塊巨岩上，義女心蕪則站在另一塊上頭，而在這兩塊巨岩間的地面，正躺著張著眼一動也不動的土護法神眼。

「你們怎麼這麼久才來？害我們看好戲的興致等掉不少。」吳孟辛終於開口，聲音在超大石窟裡不停產生回音，以致前話後語不斷交疊重複。

「這裡是臨雲崖的三仙洞，巫神的屈辱之地，從前祂在這裡被擊敗，今日祂將在此，洗刷前恥，東山再起！」吳孟辛喊得激動，義女心蕪也在旁點頭附和。
吳孟辛從巨岩躍下：「神眼被我義子催眠了，而附在他身上的討厭鬼，則被巫神以鎖仙術困住，就等你們來參加第一輪的噬魂式。」
「你休想！」成庭高舉從寢室牆上拔下的雙頭弧刀，準備殺將過去。
突然，從石堆、岩縫和地面，如泉湧般鑽出一條條五顏六色的毒蛇，成庭才前進兩步，便被蛇海阻斷去路。這是驅動術，吳孟辛義女出招了，阿青在成庭心底提醒他。
此刻，混種巫人魂魄也在呂竟軒心底提議：「到現在，吳孟辛他們，還不知道我們這群魂魄的存在，要突破幻境，恐怕得先解決掉吳孟辛的義子不可，我們這就飛魂出幻境直接找他去。」
混種巫人魂魄離開後，呂竟軒隨即也開始握緊從寢室拿來的鞭刀，跟成庭一起奮力掃殺一波波湧上的毒蛇，然而，儘管他們拚命殺蛇，但蛇群數量之龐大，仍教他們寸步難進，兩人無不心焦氣急，猶如熱鍋上的螞蟻，對正在進行的噬魂式，完全莫可奈何，只能徒呼負負。
吳孟辛在唸完一長串古語之後，綠螢光蠍尾馬上變得愈來愈巨大，接著，他大喊一聲「噬」，張嘴不閉，同時，在土護法神眼雙眸裡，有兩道扭曲紅光正在痛苦掙扎，恍若兩名來不及閃避龍捲風的路人，即使下半身被吳孟辛如暴風眼的嘴巴吸離了地，仍死命抱住電線桿不放。那是李白的元靈，此時此刻，成庭與呂竟軒雖在現場，卻澈底無能為力，他們揪心地邊殺蛇邊氣自己，為何最終，只能眼睜睜淚望那兩道可憐紅光，就這麼被吸進吳孟辛貪婪的嘴裡。不過，李白並沒有白白犧牲，因為，就在祂被吳孟辛吸進嘴裡的前一刻，祂掏盡所餘靈元，全力乘隙傳出的元靈波，已成功告訴阿青祂拿命換來的珍貴情資。

阿青立即在成庭心底喊道：「腳底，巫真真正的魂囥，就藏在吳孟辛的左腳底！」成庭緊接著小聲複誦，好讓呂竟軒也知道。

驀地，像戲院電影放到一半忽然亮燈，幻境竟就此莫名消失。

金黃晨曦讓整個正廳像染了層金漆，參頂石柱變回龍柱，義女心蕪一臉驚愕地站在太師椅上，地上毒蛇還是不少，但比起幻境裡的，可謂小巫見大巫。儘管吳孟辛的姿勢，還是張大嘴站著，不過，噬魂式看似就快結束，紅光只剩一小截尾巴還在其嘴角死命掙扎。

乘義女心蕪還來不及對幻境消失做出反應，以及噬魂式即將結束之際，成庭立刻卯足勁急運始力，再加上阿青從旁全力施術，讓他們朝吳孟辛腳踝射出的雙頭弧刀，不僅力道威猛，速度更是快到不可思議，只見受滾震氣旋高速推轉的雙頭弧刀，才拖出一道因與空氣磨擦而生出的細長火花，便在下一秒，瞬間將吳孟辛的雙腿自腳踝處截開，吳孟辛馬上像尊傾倒的雕像狠撞地面，呂竟軒隨即飛身射出鞭刀，再搶刺一收，吳孟辛那斷面平滑如鏡，只沾幾縷血絲的左腳掌，就轉眼被呂竟軒握在手中。

然後，呂竟軒分秒必爭，拔掉鞋子、扯去襪子、抓緊鞭刀利刃，很快一刀便俐落挖出藏在腳底的魂囥，緊接著，速運始力，一下子就將魂囥握個粉碎。

吳孟辛旋即吼嘯一聲，但那聲音明顯不是他的。下一秒，躺在自己血泊當中的吳孟辛，除了開始一陣陣地抽搐顫抖之外，他的綠螢光蠍尾不但快速回復原本大小，也緩緩變淡消失，而跪坐在一旁的義女心蕪，仍不知所措，直在那號啕哭喊。

阿青不禁在成庭心底暗歎：「巫真千算萬算，絕沒料到，自個兒最終，竟栽在祂最鄙夷的人類鬼魂手中。幸好，我跟李白事先有籌畫這個備案——預備在魂囤均毀的情況之下，萬一我倆當中，又有人無力支援的時候，那之前戰死於巫真手下的混種巫人魂魄，便會主動遞補空缺。這個想法，為求出奇制勝，無法事先告知，尚請兩位多包涵見諒。」

「另外，吳孟辛的死，也頗令我意外。我原以為他再生術了得，但從方才情況判斷，他的再生術，恐怕只是巫真當初為說服他將魂囤藏進肉身，而暗控其始力所營造出來的假象而已。」阿青最後做出總結：「一下子，吳孟辛斷腿，魂囤也遭毀，害得巫真自身難保，無力他顧，而吳孟辛本人，又錯認自己有再生能力，以致他的老命，就如此被貪婪與謊言玩掉。」

蛇群漸漸退清，一路踩著殘缺蛇身，慢慢接近吳孟辛的成庭與呂竟軒，發現吳孟辛的尾巴才消失，兩道夾雜著紅光的綠光，便像要掙脫束縛般拚命想從雙眼竄出，阿青見狀，趕緊在成庭心底高喊：「巫真要溜了，快使斷力！」

成庭馬上緊盯綠光，正要比出斷力手訣，一大群從窗外疾飛進來，有大有小且種類繁多的鳥群，突像巨掌般阻撓壓黑了成庭的視界，成庭急撥雙手，呂竟軒也揮耍鞭刀幫忙驅趕，但鳥群卻不把他們當回事，仍自顧自如風般吹來拂去，等視界漸清，群鳥棲梁，綠光早逃匿無蹤。

顯然剛剛，吳孟辛義女使用驅動術找來的萬鳥大軍，已成功遏阻了成庭的斷力施展，成庭不禁暗嚷：「該死！難道這次，又要被他逃掉？」

成庭的自言自語，馬上引來阿青的回應：「別慌，噬魂式尚未真正完成，李白元靈還在，接下來只要運使通仙術，即可藉李白元靈，覓得巫真行蹤。」

此刻，混種巫人魂魄終於默默回到呂竟軒身上，呂竟軒正想提問，卻被淚流滿面、直挺著身的心蕪搶先吼道：「吳爸計畫縝密，結果怎會變成這樣？一定是背後另有高人暗助！到底是誰？快給我滾出來！還有，你們把我義弟怎麼啦？他幻術了得，你們怎可能破得了？快把他交出來！聽到沒？快把他交出來！」

雖然此際，道觀正廳場景慘烈懾人，但與人蛇殘屍，和棲滿屋樑的群鳥一副等待主人下令即展開襲擊，這樣的驚悚態勢相比，心蕪的怒吼更顯淒厲悲壯，而她的冷豔美貌與窈窕身材，也跟她的猙獰表情形成懸殊反差，一種詭譎的肅殺美感瀰漫全場。

「算了，不管你們有幾個人，我今天一個都不會放過！吳爸是我的救命恩人，是幫我在悲慘童年，找到出口的再造恩人，今天，你們膽敢殺害他，那我就要你們全部陪葬！」心蕪的話一喊完，群鳥便動作一致地由穹頂齊聲飛下，但牠們並未馬上攻擊，只像黑雲，在半空不停盤旋翻騰。

此外，老鼠、螞蟻、蜈蚣、蜘蛛、蝙蝠、獼猴、石虎、山羊、山羌、山豬、水鹿、黑熊等等各種野生動物也紛從不同方向，自門外或暗處集結進逼，甚至還可隱約聽到，遠處正有蜂群接近的嗡嗡聲。然而，面對這麼多威脅，成庭他們仍舊一派輕鬆，自忖待會兒只要斷力一出，無論心蕪現在的驅動陣仗有多嚇人，都會失效，毒物、鳥獸勢將各自退散。

阿青不想再浪費時間在鬧劇上，索性催促成庭：「好，該擒巫真去了，快下斷力！」

於是，成庭緊盯心蕪散發幽蘭檸檬香，亮著紅螢光的雪白鳳凰尾巴，想像羽毛一根根地脫散飄離，再集中意志連比手訣喊：「斷！」，咦，沒用，毒物鳥獸都沒有要解散的跡象。成庭只好再一次緊盯心蕪鳳凰尾巴，想像，集中意志連比手訣喊「斷」，但狀況依舊。接著再一次，仍然無效，成庭開始覺得疲累，大夥兒也無不惶恐起來。

心蕪看到大家終於緊張，才冷笑道：「我沒使驅動術，再強的斷力對我都無效。牠們都是我的朋友，平常就玩在一起，我被欺負求救，牠們自然趕來幫我，現在你們的敵人，不光只有我，還有數不盡的牠們，你們就乖乖等著受死吧！哈！哈！哈！哈……」心蕪的笑聲似笑非笑，裡頭痛苦多過快樂，忿恨高於得意，讓成庭他們聽得冷汗狂冒。

突然，呂竟軒嘴角略帶隱隱笑意地開口吼道：「妳騙人！妳不但欺騙我們，還欺騙自己！」

在成庭第一次對心蕪使用斷力無效開始，呂竟軒便暗揣，心蕪與吳孟辛的關係，恐怕是他們當前能否死裡逃生的唯一破口，因此，他趕緊利用殘存在掌心的魂囤碎屑，感應吳孟辛的過往，很快地，他就找到不少救命資料。

心蕪笑聲戛止，一臉正色問：「我哪裡騙你們了？」

「妳義父或許對妳有恩，但他曾經做過什麼壞事，妳知道多少？還是說，妳根本不覺得殺人是壞事？」呂竟軒開始設陷阱，成庭則直望著他，不知他葫蘆裡到底在賣什麼藥。

「那些人都該殺！況且，世界要進化，去蕪存菁是必要之惡。」心蕪顯然被吳孟辛洗腦得相當澈底。

「是嗎？連妳父母都該殺？都該死於金護法鬼手的手裡？」聽到呂竟軒丟出的震撼彈，成庭不禁輕吐出一口氣。

「什麼？你休想騙我！膽敢誣陷吳爸，你第一個死！」心蕪舉起手準備下達攻擊指令，原本停駐待命的毒物鳥獸紛紛蠢動。

呂竟軒不慌不忙地接著說道：「妳方才應該有看到，我從妳義父腳底挖出魂囤再握碎的經過，剛剛我就是運用預知力，透過魂囤碎屑，感應到妳義父的過去，倘若不信，妳可以問關於妳，而我不可能知道，但妳義父知道的事。」

心蕪慢慢放下手，毒物鳥獸也安靜下來：「我第一次在哪遇見吳爸？當時，他還對我說了什麼？」

呂竟軒握緊拳奮力搜尋片段畫面，好一會兒過後，心蕪即不耐煩吼道：「別再瞎扯了！我真傻，竟差點被你唬住！」

「在國小校門口。妳小六父母雙亡後，過了約莫半年寄人籬下的生活。有天放學，吳孟辛出現校門口，他告訴妳，說他是妳爸的好友，想領養妳。還說，妳爸有跟他提過，妳在小三一場大病後，突然變得能跟家裡的小狗說話，然後，他握著妳的手慈藹地說，妳所擁有的特異能力非常特別，他不但不會像妳父母，當妳是不祥的怪小孩，還會好好幫妳，讓妳的特殊力量，能盡情施展在有用的地方。」呂竟軒嘴裡吐出的每個字，都像利刃割剮著心蕪激動的心，在她的眼眶裡已蓄滿了淚水。

心蕪以纖手拭淚，再哀傷低語：「鬼手是如何殺害我父母的？」

「細節妳得問他，我只知道，妳父母，是吳孟辛派鬼手去殺的。」呂竟軒知道應變已經成功。

「鬼手在哪？」心蕪猛抬頭，眼裡的熾烈怒火已取代淚水。

「應該還在妳義父寢宮裡。」

「別在我面前叫他義父！」

心蕪大步向前，毒物鳥獸全跟著她大轉向往寢宮移動，整個場面彷彿百獸簇擁森林女王出巡，壯觀玄奇，前所未見。

❖

險境過後，阿青速使通仙術，但試了又試，就是遲遲感應不到李白元靈，阿青不禁急嚷：「怎麼會這樣？感覺好像有股力量，在暗中搞怪干擾似的。」成庭也慌了，在揣想了一下當前狀況之後，接著便問呂竟軒：「不知吳孟辛的義子在哪？現在摻進李白的巫真元靈，會不會就附在他身上？」

為回應成庭，混種巫人魂魄不得不叫呂竟軒帶成庭走到窗邊，仔細一看，他們發現遠方的大樹底下，竟吊著一個人。

「我們是魂魄，要附人身沒有魂囤和共化程度的問題，實際上，我們若想不知不覺地附身，一般人通常不會察覺，如要再進一步操控對方，我們就會壓制他的魂魄，再主導其肉身行動。原本，我們不想傷害吳孟辛的義子，無奈我們始終找不到解除幻術的方法，而他也漸漸警覺到我們的侵入，沒辦法，情急之下，我們只好操控他的肉身，行至大樹底下，先解下束腰，爬上樹幹，再拿束腰纏樹繞頸，一躍而下，這才一舉破除幻境，保住你倆性命。」呂竟軒慢慢將混種巫人魂魄的說明轉告成庭。

成庭與呂竟軒在了解狀況後，頓時沉默不語，但罪惡感在此時此地，實在沒有存在的空間，一下子，便被拯救台灣的使命感與羈絆的情感擊垮，於是，成庭打破沉默：「接下來，我們是要繼續找巫真元靈？還是先去救怡宣她們？」

阿青隨即表達看法：「現下，尚難弄清暗中搞怪的力量是什麼，不過，儘管如此，就我對巫真的了解，巫天計畫已箭在弦上，且噬仙術也還沒完成，祂不可能就這樣放棄溜掉，祂一定仍在道觀的某處伺機而動，所以，我們不如先去救怡宣她們，這樣，大夥兒下一步才好安心逮人。」

呂竟軒聽完阿青的建議，先沉靜了一下，再利用殘存掌上的魂囤碎屑，感應到怡宣她們的軟禁處，然後開口道：「我們這就去救怡宣她們。」

身世

成庭和呂竟軒一路眼觀四面、耳聽八方，戰戰兢兢地快步通過一個個穿堂，成庭更是神經緊繃，手裡的雙頭弧刀握得緊實，彷彿手與刀已結成一體，難分彼此——此刻的他，除了擔心怡宣她們的安危之外，還憂懼可能附藏在任何生靈上的巫真元靈，會利用他的一時閃失，隨時隨地展開突襲！因為如今，巫真已吞噬李白，雖未完全，但接著只要殺了成庭，吃掉阿青，再附呂竟軒身，加上整個組織運作已蓄勢待發，巫天計畫依然可行。

果然，就在成庭他們穿越之前曾經過的大花園時，一隻大黑狗，忽從扶疏的花叢竄出撲向成庭，成庭早有心理準備，先以雙頭弧刀接擋，再旋身朝大黑狗後背補掃一刀，大黑狗隨即癱地淒號，後背的鮮血像綻放的紅花，愈開愈大。

成庭原以為巫真的元靈綠光，會隨魂囥的垂死，很快就現身逃離，直到一刻鐘過後，大黑狗早已死透，他才難過地接受自己誤殺無辜的事實。成庭頹喪站著，一邊追悔俯視大黑狗死不瞑目的空洞雙眼，一邊在心底質問自己——大黑狗為守護地盤攻擊入侵者，理所當然，哪錯了？之前是因為自衛殺人，那現在又為何殺生？

呂竟軒拍了拍成庭肩膀：「別再自責了，咱們快去救人吧。」

❖

怡宣她們被軟禁的地方，就在成庭他們之前被囚禁處後方不遠，是一間造型典雅的小木屋，門口與後院，總共四個人看守，他們態度悠哉，似乎完全不知在道觀的彼端，曾發生過激烈的戰鬥。

很快地，四名守衛三兩下便被成庭與呂竟軒擊昏，破門而入時，正圍坐圓桌相互打氣的怡宣和麗伶，幾乎同時轉頭與成庭他們對望，她們眼神霎時由驚轉喜，不知是激動、狂喜，還是委屈的淚水，頓時流出眼眶。

成庭本想奔向前緊擁怡宣，但顧慮到麗伶的感受，硬是強忍住衝動，致使他整個人看起來，肢體僵硬，動作有點不協調。

呂竟軒看在眼裡，為化解尷尬，即向前一步說：「兩位，委屈妳們了，大家趕緊先離開這吧。」

怡宣與麗伶正起身準備離座，怡宣一個踉蹌忽往後倒，幸虧麗伶機警及時扶住，成庭看得心驚難過，麗伶則體貼地對成庭說：「你來扶她走吧，我自己也有點體力不支，事實上，在你們破門前，她才剛跟我說頭很暈。」

這是大好機會，成庭當然順水推舟。

成庭馬上按下機關收起弧刀，再將變成短棒的雙頭弧刀插進後背束腰，然後生硬向前攙扶住怡宣，怡宣見狀，即羞赧著臉，蒼白微笑道：「不好意思，成大哥你都已經渾身是傷了，還麻煩你……」

「千萬別這麼說，都是因為我，才害妳們被綁架到這。」成庭尷尬地也向右瞄了麗伶一眼，再點一下頭，用以表達內心的至深歉意。
呂竟軒與麗伶，先一步走出已遭破壞頹傾的木門，而成庭攙扶怡宣才走兩步，怡宣馬上又腿軟跪癱地面，成庭不由心疼道：「這些天，他們是怎麼折磨妳的，原本健康活潑的女孩，竟變成這樣……」
「對不起……」怡宣氣息愈來愈弱，教成庭看得不捨又自責：「來，我背妳。」
語畢，成庭便快速移位至怡宣前方蹲下，然而，就在他等待怡宣靠上後背之際，隱約感覺到有股涼風拂過後腰，接著，又微微聽到像是按鈕被撳下「喳」的一聲，於此同時，在他眼前，鞭刀竟也同步從門外刺穿半掩木門襲來，這一切都發生得太快、太唐突，教他一時難以理解。
成庭反射性地翻身躲鞭刀，同時偏頭後望想拉怡宣一起閃避，沒想到此刻，他眼角餘光所瞥見的，竟是高舉雙頭弧刀欲向下刺殺自己的怡宣！
成庭雖迷惑心揪，仍試圖拉怡宣一把，但沒拉實，成庭躲過鞭刀，怡宣還在原地。待成庭定身回望，只見怡宣雙眼失神，一動也不動站在原處，而雙頭弧刀似被鞭刀擊中，已先一步飛插進右後方的木柱裡。
下一秒，呂竟軒居然慌張地手持鞭刀出現在破門口：「在外頭等了一下，看你們還沒出來，便以為怡宣病情嚴重，需要幫忙，沒想到，我才從門縫探視，即見怡宣正舉刀要刺殺你，沒辦法，我只好……」
麗伶不忍看怡宣變樣，一直躲在呂竟軒身後掩面啜泣。

「這到底是怎麼回事？怡宣妳怎麼啦？妳剛剛是想殺我嗎？」成庭低頭蹲地，心中的震驚與難受，令他無法面對怡宣。

「臭小子，你命真大，本想先殺掉你，好逼出另一隻倒楣鬼，可你不知哪來的好運氣，竟老要不了你的命！」此時從怡宣嘴裡激憤嚷出的，已非她原本溫柔纖細的美聲，而是巫真、李白與怡宣三人同時說話的詭譎聲音。

成庭隨即轉身站起：「巫真，祢逃不掉的，只要祢乖乖同阿青他們回遠古領罪，我們可以寬恕祢的惡行，不再追究。」

「笑話，現下逃不掉的，可是你們呀，還敢在此大言不慚！好戲才剛開始，看倌們正等著看你倆的悲慘下場呢！」巫真三聲一體的聲音，對成庭的喊話嗤之以鼻。

「現下，你的愛人，就是我的魂囤，你還敢對我怎樣？難道為了要逼出我的元靈，你狠得下心，像殺那條大黑狗一樣，殺自個兒的愛人嗎？」巫真三聲一體的聲音，得意自己讓對手進退兩難，而成庭聽得更是羞憤難忍。

巫真三聲一體的聲音接著警告：「如果你們現下打的主意，是想跟那隻討厭鬼，和昔日那些我的手下敗將再一起聯手合攻，那你們恐怕要失望了。那些小鬼雖在幻術那關，壞我好事，害我得另起爐灶，實屬一時大意，然而今天，我已經吞下一隻討厭鬼，縱使還沒完全消融乾淨，可靈力已暴翻百倍，你們若敢蠻幹，我倒樂於早點送你們一同上西天！」

呂竟軒氣餒地輕聲跟成庭說：「唉，這就是我最害怕面對的場面！還記得那天你在我家，我拿給你看的有關道觀的那八張圖嗎？其實，我一共畫了九張，第九張畫的，就是眼前怡宣翻臉的場景，我原以為你斷力了得，應可阻止第九張畫面成真，無奈結果還是一樣。」

成庭不禁火大：「什麼！你早知道怡宣會被巫真附身？為何不早點告訴我？」

「有啊，我不是早告訴過你，不要談戀愛，要跟怡宣保持距離嗎？再說，那畫面呈現的，是怡宣性情大變，哪知原來是被附身啊？」呂竟軒故作無辜狀。

「你！」成庭腦袋一片混亂，無法再跟呂竟軒徒費脣舌。

「你們別吵了！聽好，我現下大人大量不計前嫌，姑且允許讓你倆其中一人，拿自己的肉身來跟姑娘的交換，不過，時間和地點，一定要安全無虞，由我決定。」巫真三聲一體的聲音，說出讓成庭與呂竟軒都萬分驚詫的話。

阿青在成庭心底立刻提醒：「巫真拿怡宣來換你倆的肉身，實在高招。一來，你倆皆具備出色異能，本來就較吳孟辛強猛，而怡宣的凡人身，更難比得上藉你倆肉身東山再起之效；二來，不管祂最後拿到誰的肉身，另一個人都將不再是威脅，試問，依你倆的個性，無論誰為愛情或友誼捨命，那另一個人，還下得了手傷害對方嗎？」

「讓我來！」成庭還在聽阿青分析敵情，呂竟軒即早一步表態。

「不行，怡宣是我害的，該由我負責！」成庭愧疚自己竟晚呂竟軒一步表態。

「怡宣是你愛人，她需要你在身邊。」呂竟軒表情變得柔和，一副語重心長的樣子。

「夥伴，我信你，你可以代我照顧好她。」成庭真的覺得自己不夠格，呂竟軒一定會做得比他好。

呂竟軒本想再跨步向前勸退成庭，卻發現動彈不得，想當然耳定是成庭所為，於是氣急敗壞吼道：「你昏頭啦，哪有人把愛人交給別人照顧的？你若真覺得對不起怡宣，就該拿出誠意，自己好好照顧彌補！」

不顧呂竟軒規勸，成庭才抬起腳，麗伶也在他身後哀求：「成庭，別這樣，你怎能相信巫真的話？祂那麼陰險狡詐，萬一你把身體交給祂，祂還是不放過怡宣呢？」

成庭緩緩回頭，淚望麗伶：「麗伶，很抱歉，辜負妳了。」

成庭一步步堅定向前，靠近怡宣後站定：「巫真，對祢而言，我的身體，比怡宣的有用多了，不必再挑什麼時間和地點了，就此時此地吧，快上我身，放了怡宣。」成庭為怡宣犧牲的行為，教麗伶看得感動心碎，心裡既難過又忌妒，忍不住心想，如果今天換自己被附身，成庭也會這麼做嗎？

「這個地方不行，太多變數，不夠嚴密，應該換……」巫真三聲一體的聲音，話才說一半就戛然而止，怡宣也隨即翻白眼頹然倒地。

「好機會！成庭，再會了！」阿青丟下這句話後，便猛然飛魂離開成庭。

成庭完全搞不懂眼前狀況，只見阿青的元靈藍光，瞬間撲向忽從怡宣兩眼竄出還夾雜著紅光的巫真元靈綠光，然後，一道看不見，逕自呂竟軒身上衝出的能量體，也直轟綠光，以致綠光左側，還因此先外擴再內縮震顫了一下，不久，綠光突脹萬倍，整個木屋變得通綠一片。

接下來，綠光裂解成無數各色光流，其中的藍光快速匯集緊咬也在合聚的綠光，而紅光也漸從原先絲狀夾雜的點綴角色，壯盛成長為有份量的條形要角。綠光愈竄愈快，但比重慢慢變小，而藍光與紅光不僅急追其後，還漸漸融合成紫光，然後，紫光比重大幅成長，直至木屋裡，綠、紫兩靈光比重各佔一半，驀地，不知是紫光吃掉綠光滿足離開，抑或綠光吞噬紫光撐爆消失，轉瞬間，木屋突歸平靜。

成庭在元靈互鬥時，本想衝向前了解怡宣狀況，卻發覺自己完全動不了，直到元靈亮光消失，能動了，他才有辦法快奔至怡宣身邊，接著，他除了發現怡宣深陷昏迷，鼻息微弱，還意外在其右腳邊，驚見一條挺直上半身，恍若標本般的眼鏡蛇，牠一動也不動，只有鮮紅的蛇信，嘲弄似地在那不停一吐一收著。

❖

「別擔心，我馬上救她。」從門外傳來的女聲，熟稔又陌生，屋內人紛紛回頭。

大家都驚詫萬分地望著，自屋外從容走近怡宣的心蕪，她蹲下身，從衣襟掏出銀盒，取出針劑，再動作俐落於怡宣右前臂注入血清，然後才溫婉地說：「她沒事了。」

「妳……」成庭支支吾吾，想問心蕪為何會在此時此地出現，但又不知該如何開口。

心蕪自然明白大夥兒的疑惑：「在找金護法鬼手報仇途中，愈想愈覺得，真正殺害我父母的仇人，其實是巫真，沒有他的殘暴和野心，自然就不會有這麼多的惡行。於是，在我謝別動物朋友之後，便開始暗地跟蹤你們，直至巫真利用怡宣威脅你們時，我已有出手相助的打算，後來，看到你們對友情與愛情的奉獻犧牲，不僅教我萬分感動和慚愧，更強化了我幫忙到底的決心。」

心蕪以手背探了一下怡宣額溫之後，接著站起繼續說明：「我先召來小逸，請牠從木屋裂口溜進屋內，再一直潛伏怡宣身邊。我之所以這麼做，是因為我在等待，只要成庭與怡宣夠接近，一旦怡宣被小逸咬昏，巫真不明所以，定會本能反應立刻脫離怡宣，如此一來，成庭身上的附靈，便能乘最短的距離爭取時間，一舉逮住因驟失魂囤而變弱的巫真。」

❖

心蕪離開木屋後，成庭剛把昏迷的怡宣抱上床，麗伶主動在旁看顧沒多久，呂竟軒忽然輕拍他後背，他倉促回頭，隨即被眼前的景象，震懾得寒毛直豎。

呂竟軒一邊訝異望著兩個漸漸清楚的半透明灰糊人形，一邊自言自語：「我原以為那些混種巫人的魂魄，已在混戰中，隨巫真、李白和阿青祂們的元靈共滅了，沒想到，剛剛祂們突然在我心底發聲，說想跟我們兩個見面，談點事情。」

待人形清晰定影後，祂們的身形、五官與眼神，一下子就喚醒了許多塵封在成庭和呂竟軒腦海裡的記憶……一開始，或因歲月的遙遠而稍有遲疑，但很快地，成庭他們便確認了祂們是誰，也自然明白祂們想說什麼——祂們就是成庭和呂竟軒同在六歲時死去的父親，樣子沒變，彷彿時空的推移，只是早晨上班身影消失門後，傍晚下班再從門後現身的遞替而已。

「爸。」成庭先認了對方，麗伶聽到成庭的呼喚，不由轉頭瞪大眼。

「我期盼這天，已經好久好久，久到覺得現在像夢。」成庭父親眼裡閃爍著碎光。

呂竟軒父親看到兒子對祂冷漠不睬，顯得有些慌張：「兒啊，我知道你一直很恨我，但在經歷這些後，我想，你應該多少能明白我當時的苦衷。」

呂竟軒嗤之以鼻：「苦衷？拋妻棄子，哪需要什麼苦衷？也好，不然我怎能換個有錢的繼父，所以，我好像真該好好感謝祢的苦衷才是。」

「竟軒，你先別生氣，就讓我來好好說明，這麼多年來，我們是如何地費盡心思，做了非常非常多的努力與犧牲，才好不容易將今日這一役搞定，聽完經過，你若還有氣，到時再發火也不遲。」成庭父親像是很有把握，只要祂把該說的話都說完了，呂竟軒馬上就會氣消原諒父親似的。

❖

「在死解靈魂重新歸位之後，經由阿青和李白的撮合，和幾次慘烈的戰鬥磨鍊之後，身為船員的我，和當公務員的竟軒父親程彥，漸成交情莫逆的好夥伴。然而，巫真的毒梟傀儡陳火，殘暴陰狠，詭計多端，經由無數次的交戰，我們不得不承認，自身的能力實在太有限，倘若只是想破壞巫真的陰謀，光靠努力不懈，或能辦到，但就算我和程彥最後制伏了陳火，只要被巫真溜走，祂就能一再複製下一個陳火，因此，我們只有想盡辦法讓自己的實力變得超強，才可能真的逮住巫真，永絕後患！」成庭父親激動訴說著兩人一路走來的深切體悟。

「於是，我們把腦筋，動到很難達成的『生解』上頭，只有經過生解，我們的下一代，才可能獲得最最強大的力量。或許，你們認為我們自私，未經你們同意，便決定了你們的未來，但為了結束混種巫人的無奈宿命，和拆除巫真這顆會摧毀世界的不定時炸彈，這是迫不得已，也是為所當為的決定。」提到生解，成庭即試圖回想李白曾提過的數個構成要件。

成庭父親似乎非常懂得眼前這兩名年輕人對記憶力的無助：「所謂生解，就是要讓兩名非孿生，曾近距離碰觸，且同年、同月、同日、同時辰生之混種巫人，於互為因果的條件下，同時、同地意外喪命才能達成。於是，我和程彥，便各自努力先幫妻子調理好身體，再精算適當的受孕時機，很幸運地，我們的妻子，都在對的時間順利懷孕。」

「祢們這麼做，把女人當生小孩的機器，對嗎？還有，祢們有確實告知妻子祢們的『偉大計畫』嗎？」呂竟軒已經聽得不耐煩，索性提問嚴苛，還略帶嘲諷。

「唉，這問題可不簡單啊。」成庭父親的回答乾脆，但也完全不理會呂竟軒的情緒。

成庭父親緊接著說道：「懷孕之後，難題才真正開始。安胎、害喜、產檢都是小事，但要兩名孕婦在同年、同月、同日、同一時辰生下小孩，變數實在太多，只能在遇到狀況時，見招拆招。不幸地，成庭母親提前三週破水，程彥太太因此被迫得提早剖腹。程彥太太一再追問原因，程彥始終不知該如何回答，因為對一位凡人母親來說，有誰能接受趕著要小孩出生，其實是在幫他安排日後最有價值的死法？程彥的沉默，澈底破壞了他們夫妻倆的感情，儘管程彥太太最後順我們意，剖腹生下小竟軒，卻從此不再跟丈夫好好講半句話，完全封閉心房。」

呂竟軒聽出端倪：「難道兩位母親不知祢們是魂歸者？」

「她們知道，但不信。」呂竟軒父親在一旁喪氣地回答，麗伶聽了心有戚戚焉。

「我擅長的異能是力術，程彥的是再生，我們也都還會一些讀心和預知。一開始，我們都很想證明自己所言非虛，但內人和程彥太太都覺得我們在變魔術、掰故事，對能看到人尾一事，更笑我們想像力太豐富。後來想想，她們不相信也好，有時，不知道真相，反能讓傷害降至最低。」成庭父親心有所感地沉默了一會兒。

「……」成庭父親的話，似乎也讓呂竟軒陷入沉思。

成庭父親再話當年：「直到你們六歲那年的三月十一日，長期和陳火諜對諜的日子，終至攤牌時刻，我們心知肚明，決戰結果恐怕凶多吉少。所以，不得不在行前，我們各自在家裡，先請阿青和李白附身準備協同作戰，再把幸運石戴上你倆脖子以備傳承。然後當晚，我們便在瑞芳山區，和陳火及其黨羽展開激戰，結果毫無意外，我、程彥和陳火同歸於盡，而巫真則再次開溜。」成庭父親的輕描淡寫，聽在已和巫真有實戰經驗的成庭他們耳裡，變得萬分沉重……但麗伶倒很慶幸，成庭他們這次能全身而退，簡直是奇蹟一樁。

「我不希望妻兒以為我失蹤而苦苦等待，於是附身船公司主管，跟內人謊稱發生船難。不過，程彥卻很瀟脫，他跟我說，就讓我太太當我是失蹤了吧，在她心裡，我早已失蹤。」

呂竟軒欲言又止，最後，還是硬把到嘴的話吞了回去。

「接下來，整個計畫才開始正式進入核心。」

成庭父親在看了兒子和呂竟軒各一眼後，接著說道：「混種巫人在人類社會裡，常會彼此吸引，這種吸引不是感情，而是物理作用上的。即使表面上大家散居各地，但冥冥中就是有股力量，會讓你們產生交集，就像磁力，只要距離、方向對了，便會對應互動。為了讓你們能順利成長茁壯，我們一路千方百計，避免你們在大學畢業前有所接觸，但跟隨在你們身邊的人、事、物，卻因此出現了不該有的交集，像竟軒在國二救的人，竟在多年後，意外槍殺庭兒的初戀女友，這件事，讓我們非常自責。」

呂竟軒睜大眼，轉頭直望成庭：「真有這種事？」

成庭點了點頭，但隨即報以釋然的苦笑。

「不過，庭兒，為了彌補過失，我們終於在多年後，找到酷似思琪的麗伶，為了讓你們碰面，我們可也費了好大的功夫呢。」為避免麗伶聽了不舒服，成庭父親特地以心靈感應的方式，將這段話單傳進成庭心底，成庭這才明白，為何麗伶跟思琪會長得那麼像。

「還有……」成庭父親與呂竟軒父親同時黯然低下頭。

「還有？祢們在暗地裡，到底都做了些什麼啊？」呂竟軒覺得父親們接下來要坦白的，恐怕才是整個談話的重點。

呂竟軒父親默默抬頭望向成庭父親，就等祂為彼此說出，這麼多年來，為尋求救贖，始終盼望有那麼一天，能當面求得兒子們的諒解與認同的告白：「在你們大學畢業前，我們全力阻撓你們碰面；但在畢業之後，除了第一次碰面托麗伶的福，較順利之外，第二次碰面的安排就變得十分困難，一路狀況百出，幾乎是每次都在即將成功之際，突生變故，只有在設計庭兒寫錯大新聞那次，差點成功。就這麼拖過九年，但冥冥之中，好像對的時間就要來臨，直至你們靈魂重新歸位的前一個月，也就是九年後發生那場死亡車禍的前一個月，阿青和李白通知我們，祂們感應到時空正在詭變，好像巫真在過去世界所籌畫的大陰謀似有成功的跡象，人間危厄已迫在眉睫，不可再拖，機會就只剩最後一次，而這最後一次，只許成功，不能失敗！

沒辦法，為了拚這最後一搏，我們只好卯足全力，多方製造生解條件——像教麗伶撞見庭兒與怡宣衣衫不整、之後讓怡宣自殺、再令竟軒母親病危，甚至車禍本身的致命程度，這些，全都是我們在暗中推波助瀾，奮力促成的。」麗伶聽到這，心情七上八下。

成庭聽到連寫錯新聞，害他失業，這等大崩毀事件，也是父親們的傑作之後，便覺得，這麼奇異的人生，還有什麼好計較的：「難怪在車禍飛魂時，呂竟軒的臉色，難看又可怕。」

成庭的反應，頗令兩位父親驚訝。

「拜託，我母親那時動的，可是取膽結石這種小手術呀，我乘她在病房熟睡，還請朋友幫忙照顧的情況下，匆匆趕回家拿點東西，孰料沒多久，醫院竟通知家母細菌感染病危，氣得我一心只想火速衝回醫院找那名主治醫師算帳！」呂竟軒話裡，也沒有責怪兩位父親的意思。

「你們不怪我們做這些事？」呂竟軒父親鼓足勇氣再開口。

「唉，祢們的處境，我們當然明白，現在還去計較這些，又不是什麼血氣方剛的毛頭小子。」呂竟軒接著仰頭笑道：「但說真格的，要是沒經歷過這麼多詭奇之事，對一般人來說，聽了這些，鐵定氣炸。」

糾結兩位父親心頭多年的沉重負擔，終於卸下，憂蹙的眉頭霎時鬆開。

「不過，」兩位父親聽到成庭陡地發言，眉頭又緊了回來。「現在想想，我們從小到大，不管做什麼，祢們都在身邊，這也未免太……」

「放心，我們不是偷窺狂，該尊重的隱私，自會迴避。」兩位父親不禁放鬆地輕笑起來。放鬆的氛圍方起，但整個木屋與地面卻突然開始微顫，且微顫的方式不像地震。

成庭父親突然驚吼：「糟糕，阿青祂們最擔心的狀況真要發生了！庭兒，快準備施展斷力！」

木屋繼續顫動，且震幅逐漸加大：「爸，這是怎麼回事？」

「阿青祂們的降仙術失敗了，巫真打算以元滅無極大法跟大家同歸於盡！」

成庭父親像猛然想到什麼似地緊接著吼道：「趕快，阿青要你們把尾巴連起來！」

「什麼？我們現在又看不到彼此的尾巴，即使看得見，也不知道該怎麼連啊？」木屋搖籃似地東搖西晃，不知哪來的微風也陣陣吹起，成庭與呂竟軒面面相覷，完全不知該如何回應成庭父親的提點。而麗伶此刻，則非常盡責地吃力抱起怡宣，再一起躲進圓桌底下。

「阿青說，等祂們再次出現的時候，元靈勢必狂捲翻騰，你們將因『元靈浸染』的作用，再次看見彼此的尾巴，接下來，你們只須互望尾巴，心想要合力殲滅巫真，尾巴自會連在一塊兒。屆時，你們不但可共享彼此異能，力量也會加乘放大。最特別的是，除了你們的預知力，會變得更快之外，原屬終極防禦力的『斷力』，更會進化成終極攻擊力『破力』！阿青還說，庭兒你只要倒著比斷力手訣，再加喊一聲『破』，破力就會自個兒從你指尖射出。」成庭父親的回答太天馬行空，以致成庭與呂竟軒都聽得一頭霧水。

詎料，原本陣陣柔若輕紗拂面的微風，竟陡地高速猛轉成猙獰的龍捲風，硬是一下子把木屋屋頂與四壁，捲毀扯裂得支離破碎，片片斷木殘屑旋飛沖天，一個不會四下遊走，只在原地怒嘯的超級龍捲風，就這麼在道觀後方的人工大湖旁，恍如參天巨龍般狂吼盤捲著。

這個超級龍捲風，這時就像個通天巨管，囚住了成庭他們，號嘯的高聳風牆遮蔽了大半天光，只剩風牆頂，那一小片翻湧著黑雲的天空裡的綠紫閃電，像惡魔的訕笑似的，直在那囂張示威。

驀地，一顆巨大炫目的七彩光球，逕像慧星般自風牆頂的黑雲竄出，它一路性急地直衝地面，卻在撞地前，瞬間分化散裂成無數色彩繽紛的光縷，它們嬉戲般彼此追逐，由於方向瞬息多變，根本分不清孰追孰逃，接著，又像要比快似的，光縷們忽然一波波地加速盤飛起來，成庭與呂竟軒也在此時，終於再次看見雙方尾巴。

成庭與呂竟軒在很有默契地互望尾巴一眼後，便齊喊：「巫真，納命來！」頃刻間，他們的尾巴竟真的連在一塊兒，原本亮著黃螢光的松針尾巴與紫螢光的水仙花尾，一經結合，螢光即瞬間變成刺眼白光。

成庭他們的宣戰喊話，就像射入雲裡的箭，沒得到任何回應，只見在這通天的龍捲風管裡，數不清的繽紛光縷仍在那飛旋個不停，宛若有無數部隱形賽車，正各自拖曳著七彩尾燈流影不要命地沿著龍捲風壁，直往風牆頂競速狂飆，至頂後，再掉頭回飆而下，就這樣它們不斷上下交錯，其景象之璀璨壯麗，讓成庭與呂竟軒都忍不住暗忖，要不是現正處於性命悠關之際，真想喊聲暫停，先盡情欣賞讚頌一番眼前絕美的景象再說。

就在成庭與呂竟軒猛然注意到，有不少的灰白魂魄，夾雜於光縷間，祂們的被動樣態，看起來就像是被脅迫拉著跑一般，這令也注意到祂們的成庭父親驚惶喊道：「兒啊，那些灰白魂魄，應該就是巫真利用元滅無極大法，從各個祂待過的時空所蒐羅來的葬靈。而那些繽紛光縷，雖然大部分都是由阿青和李白元靈所化，但藏匿其中的巫真元靈光縷，你們可得趕快找出來，否則，麗伶跟怡宣的魂魄，隨時都有被那惡魔攫走的危險！」

成庭父親的話，立刻讓成庭與呂竟軒的預知，有了可供發想的方向，他們馬上同步在腦海裡預算，在那些快要接近麗伶跟怡宣的光縷當中，有哪些會在多久之後的哪個位置展開突襲，很快地，他們終於逮到機會，成庭立刻倒著比斷力手訣，直至最後一個手訣比完定住後，再高喊一聲『破』，果然，破力真自其右手食指尖爆出！一道刺眼白光，就這麼朝最後預算到的位置射去，欲竊奪麗伶跟怡宣魂魄的巫真光縷，旋即被一擊命中。

接下來，被破力白光擊中的光縷，立刻還原成一道白光人形，巫真緊接著發聲怒斥：「喝！你們膽大妄為，敢壞我好事，害我的叱吒大業，就此化為烏有，看我如何以元滅無極大法，吃掉你們的可笑賤魂，了結你們的可悲殘生！」

巫真話一嚷完，白光人形瞬間一分成十，再同時撲向成庭他們，成庭與呂竟軒見狀，馬上回敬破力白光，然而，神奇的是，破力白光在射出的同時，竟也自己分裂成十道白光，再一一追擊消滅所有的白光人形。不過，白光人形雖不堪一擊，但繁衍迅速，一旦白光人形消失，緊接著又會在原地冒出另一個，然後，新的白光人形，再一分成十撲向成庭他們，接著，破力再分裂追擊……就這樣，循環不斷，白光人形始終打不完，呂竟軒忍不住高喊吃不消：「不行，再這樣下去，我們撐不了多久就會玩完，得趕緊想別的辦法！」

成庭父親見大勢不妙，不得不使出阿青交代的最後絕招：「庭兒，原先跟我和程彥在一起的混種巫人魂魄想進來幫忙，卻被風牆阻隔在外，可不可以請你用破力在風牆打出破口，好讓祂們能進來助陣。」

果然，風牆被成庭打出個破洞之後，一道灰龍般捲動的灰白光束，立刻迫不及待地竄入，成庭父親與呂竟軒父親也在此際，同時化成灰白光球融入灰白光束裡，接著，灰白光束在慢慢環繞成庭他們兩圈後，便整個躍入成庭與呂竟軒尾巴連成的白光當中。

成庭與呂竟軒的精神，皆因灰白光束的湧入而陡然一振，隨後，成庭與呂竟軒兩人的父親，即各自在兒子的心底齊嚷：「所有混種巫人魂魄的能量，已全部匯入你們的身體裡面，接下來，白光人形繼續由竟軒應付，庭兒你則專一心念，藉想像凝聚破力，等破力白光能量積累升級成破力光彈時，你再一股勁兒朝天空惡雲擊發，其威力所向披靡，無比強大，到時不管巫真躲在哪，都難以招架，必死無疑！」

正感覺渾身是勁、活力滿點的成庭與呂竟軒，紛照父親們的指示做動作——呂竟軒像個自信滿滿的神槍手，以飛快速度，擊潰愈來愈多的白光人形……而成庭在比完手訣後，即專心去想像有顆小光球，正在其指尖從無到有、由小變大地成形，沒想到很快地，在成庭高舉的右手食指尖，還真有零星火光冒出，它們漸漸匯聚成小光團，然後，這個小光團愈來愈扎實，再化成小光球，忽然，小光球像被猛灌氣的氣球，快速膨脹成大光彈，直到成庭大喊一聲『破』，已龐大如熱氣球般的破力巨光彈，就馬上從他指尖轟出，巫真見狀，不禁怒號，但聲音裡卻充滿了恐懼與絕望：「怎麼會這樣！」

巨碩光彈一路朝高空極速暴衝，讓原先狂繞龍捲風壁飛旋的繽紛光縷，就這麼隨光彈掃過，全跟著由下往上漸次變白，最後，光彈衝進天空黑雲裡，驀地，光彈爆炸，眼前一片花白，待白光消失，黑雲不見，超級龍捲風也像被人偷走一樣完全無蹤，天空萬里無雲，藍得像剛被用力刷洗過。

❖

怡宣清醒後，呂竟軒便一直嚷著要去找心蕪算帳。

原來，呂竟軒要和心蕪算的帳，就是之前吳孟辛派黑衣人到他住處侵擾，所破壞的骨董、藝術品、家具、電器與裝潢的費用，另再加計精神賠償。

在心蕪陪同下，呂竟軒來到吳孟辛寢宮找保險櫃，很快地，果如阿青所言，就在他運用預知力找到機關，令大衣櫃沉入地裡後，便在其後方的一道暗門裡，找到一個巨大保險櫃，裡面金條、美金、有價證券和房地契數量驚人，宛若銀行金庫！呂竟軒拿了他應得的部分之後，還幫成庭、怡宣和麗伶，各拿一些補償及慰勞金，剩下的巨款留給心蕪，並說：「拿這些錢幫他做善事贖罪吧，其他這些底片、相片、光碟和錄影帶，我會幫妳交給警方，相信這陣子，新聞會熱鬧好看許多。」

後來，成庭與呂竟軒在道觀各處，不斷尋找呼喚父親們的魂魄，但始終得不到回應。他們研判，或許，父親們心願已了，無憾離開了；或者，最後一擊，用掉父親們大部分的能量，以致到現在還沒復元無法回應；抑或，最後一擊，用的就是父親們全部的能量，擊發後什麼都不剩了。他們非常不希望答案是末者，不然，生時沒跟祂們好好道別，連死後也沒把握住機會，實在太遺憾了。

倘若還有緣，成庭與呂竟軒都很想問父親們一個問題——在這個時空的一九九六年，他們終於擊敗巫真，那在他們靈魂重新歸位前的那個時空裡的一九九六年，有人成功破壞巫真的巫天計畫嗎？如果有，那會是誰呢？

❖

離開道觀時，心蕪幫成庭他們準備了兩部車。成庭攙扶著怡宣走在前頭，麗伶一路保持等距跟在其後，呂竟軒則在她身旁開口道：「待會兒，就搭我的車吧。」

「我幹麼要搭你的車？」麗伶一臉酷樣。

「難道妳想繼續當電燈泡？」呂竟軒又回復先前的滑頭樣。

麗伶氣極敗壞：「什麼電燈泡！我可是成庭的女朋友，也是他未來的妻子耶，怡宣她……」

「怡宣她怎麼啦？」

「反正，我的事，你別管！」

「我沒要管。」

「你……」

走到心蕪幫呂竟軒準備的賓士車旁，麗伶逕自入座，呂竟軒再逗她：「妳真不想當電燈泡啊？」

「現在，怡宣需要人照顧，先便宜成庭這次，等回台北，我再跟他好好算這筆帳。」

「喔，妳好大方，好霸氣呀！不過，依我看，妳是怕尷尬吧。」

「無聊！」

「……」

「喂，妳打算一路上都不說話喔，那我會很無聊欸。」

「囉嗦！他們上路了，我們快跟上。」

❖

回到台北市，成庭他們才車停館前路與忠孝西路口等紅綠燈，呂竟軒正和麗伶聊到第一次跟成庭碰面時，成庭是如何地惶恐失措，突然，他從車內後視鏡驚見彷彿有一股看不見的驚天洪流，正自路尾的二二八和平公園，一路把他們後方的車陣，一古腦兒地全沖散開來，一排排汽車，漸次地像剛被撈捕上船的魚群，到處翻飛起舞，整條館前路的慘況，宛若災難電影裡的海嘯場景再現……然而，洪流卻在侵襲至呂竟軒的座車尾時，陡地消失，緊接著，在擋風玻璃上就開始出現，像被人拿利刃用力一筆一畫刻出的字——巫、天、重、啟、後、會、有、期。

與呂竟軒一同目睹恍如鬼刻字般驚悚畫面的麗伶，在望至「重」字的第一筆劃下後，便再也承受不住玻璃被割劃的尖利刺耳聲，只得緊摀耳朵、表情痛苦地低頭蜷縮在座位裡。而呂竟軒雖故作鎮靜正經看著，一個個隨時像要劃破玻璃直刺眼簾的刻字接替出現，但他內心裡的疑慮與恐懼，實際上正呈等比級數不斷加深放大。

待「期」字一寫完，呂竟軒便不管危厄是否已如風遠颺，還是仍像迷霧停滯四周，即大喊一聲：「快逃！」接著，車門齊開，兩人紛紛直往成庭座車狂奔。

當成庭聽到車窗響起急敲聲，又看到呂竟軒驚駭蒼白的臉，隨即一臉懵懂地緩緩降下車窗：「怎麼啦？」

「什麼怎麼啦？難道你剛剛沒看到……」呂竟軒手指後方，正想責怪成庭車陣都已東倒西翻成這副慘況，你怎還後知後覺狀況外？孰料，他一回頭，發現後方車龍竟沒事地如常般紛亂擁擠，不但一輛車都沒翻，還有不少駕駛在猛按喇叭，催促他綠燈已亮，趕快閃開別擋路。不僅如此，他還接著發現，擋風玻璃上的刻字好像不見了，他不死心地拉著麗伶快步走回座車，再往擋風玻璃仔細瞧了又瞧，卻只見他和麗伶倉皇失魂的臉映在上頭，那些刻字，真的就像不曾出現過一樣。

呂竟軒與麗伶面面相覷，驚疑目光在兩人間徘徊，最後，他們不得不在喧囂喇叭聲的催促下，悻然不甘地默默鑽進車裡。

呂竟軒躊躇了一下，接著輕踩油門：「妳剛剛也有看到，對不對？」

「嗯，好可怕，好真實！」

「難道非影沒死？還是另有高人？」呂竟軒喃喃自語著。

麗伶臉色慘白依舊：「接下來，是不是會有不好的事發生？」

「大概吧，我看，這幾天，我跟成庭甭想多喘口氣了。」呂竟軒隱隱牽起嘴角，並在心底壓抑著一起初萌的蠢動。

（全文完）

釀奇幻73　PG2555

看不見的尾巴

作　　者　李永平
責任編輯　陳彥儒
圖文排版　蔡忠翰
封面、內頁插畫　李永平
封面設計　王嵩賀

出版策劃　釀出版
製作發行　秀威資訊科技股份有限公司
114 台北市內湖區瑞光路76巷65號1樓
電話：+886-2-2796-3638　傳真：+886-2-2796-1377
服務信箱：service@showwe.com.tw
http://www.showwe.com.tw
郵政劃撥　19563868　戶名：秀威資訊科技股份有限公司
展售門市　國家書店【松江門市】
104 台北市中山區松江路209號1樓
電話：+886-2-2518-0207　傳真：+886-2-2518-0778
網路訂購　秀威網路書店：https://store.showwe.tw
國家網路書店：https://www.govbooks.com.tw
法律顧問　毛國樑　律師
總 經 銷　聯合發行股份有限公司
231新北市新店區寶橋路235巷6弄6號4F
電話：+886-2-2917-8022　傳真：+886-2-2915-6275

出版日期　2023年3月　BOD一版
定　　價　320元

讀者回函卡

Printed in Taiwan

國家圖書館出版品預行編目

看不見的尾巴/李永平著. -- 一版. -- 臺北市 :
釀出版, 2023.03
面； 公分. -- (釀奇幻 ; 73)
BOD版
ISBN 978-986-445-786-1(平裝)

863.57 112001951